心穏やかな一日を過ごせるよう願いながら

_____に

この本を贈ります。

『내 마음 다치지 않게』
혼자이고 싶지만 혼자이고 싶지 않은 나를 위해

by SEOLLEDA

わたしの心が傷つかないように

作・絵 ソルレダ
訳 李聖和

わたしの心が傷つかないように

ひとりでいたいけど、ひとりになりたくない自分のために

contents

chapter 2
お互いの心を見つめながら

chapter 3
心を案じる

chapter 4

傷ついた心に

chapter 5

思い通りにはならないけど

chapter 6

心がとがっている日は

chapter 7

眠れない心について

ブックデザイン
清水真理子（TYPEFACE）

心にまた
会う時間

感情が動き、気分を感じる。
心のなかでなにかが生まれ、そして静かになり、
またこみ上げてくると思ったら、消えてしまう。

はっきりと説明できないけど、たしかな変化が生まれた。
なかには、心の内にとどめられないようなものもあるだろう。
外に吐き出さなければ耐えられない日もあるだろう。
耐えられないということは、
必ずしもつらく悲しい感情を意味するのではない。
うれしくて、このうえなく満たされた感情かもしれない。

この世のどんな文章をもってしても、
自分の心を表現できないときがある。
そんなとき、絵は新しい言葉にとってかわる。
言葉で言い尽くせない心を、絵が伝えてくれるのだ。
自分の感情が詰まっている絵を見せながら声をかけることも
できるし、反対に、絵を通じて他人の痛みを理解することも

できる。

絵のもつ力は、「抱きしめてあげる」こと。

そのなかでは、思う存分考え、感じることができる。

楽しいという感情だけじゃなく、

つらく苦しい感情も思い切り。

この本を通じて、見て見ぬふりをしたかった気持ちや、

自分でも気づいていなかった心ときちんと向き合えるかもしれ

ない。

ソルト＊と一緒に、あるいはソルトになって、

感情をじっと見つめ、感じながら、

自然に身をゆだねられますように。

あなたの癒やしの時間に、ソルトが寄り添えますように……。

＊ソルレダトッキの略。「ときめきウサギ」という意味。

2020年冬　ソルレダ

知っていたけど
知らんぷりしたかった、
気づいていなかった心を

そっと
のぞく時間

chapter 1

揺れ動く心をつかまえて

なんとなくむなしい

心に大きな穴が「ぽっかり」空いてしまうときがある。

　なんの理由もなく心がうつろになる日は、いつもより人恋し
くなる。でも、とくに会いたい人が思い浮かぶわけでもなく、
だれかに会ったからといって、心の空白は埋まりそうにない、
そんな日もある。無理にだれかに会おうとするほど、かえって
心は冷めていく。

　さびしくはないけど、どこかむなしくて、つらいわけじゃな
いけど、かといって平気なわけじゃない気もするし、だれかに

なぐさめてほしいような気がするけど、甘えたり頼りたいというわけではないような……。だから、どうすればいいのかわからない状態。「むなしさ」って、ほんとうに複雑な感情だ。

　「好きな映画を観れば元気が出るはず」、「おいしいものを食べれば大丈夫」、「はあ……もう知らない。寝て起きたらすっきりするかな?」。むなしくてたまらないから、心になんでも詰め込もうとする。ぽっかり空いた心の穴が満たされることを願いながら、今日もむなしさを紛らわせるために。

あの海の底に

恋しさというと、別れた恋人がお互いを懐かしむ場面が思い浮かぶだろうか？　もちろんそれもあるけど、恋しさは必ずしも愛し合う男女だけの感情じゃない。家族、友だち、気の合う同僚やいろんな縁で結ばれた関係など、心を通わせた人たちと共有できる感情だ。

　わたしたちはよく、恋しい気持ちを表に出すのではなく、心の海の奥底に隠してしまう。そんな感情は自分を弱らせると思い込み、真正面から向き合うことさえ恐れている。

　心のなかで、恋しさを思い切り抱きしめて、感じてみよう。

　恋しい人を思い出して涙を流したり、会いたいという言葉を口にしてみれば、心があたたかくなるはず。そのとき、ようやく気づく。だれかを恋しいと思う気持ちは、だれかを愛する気持ちと同じだということに……。

miss you...

揺れ動く
　心を
つかまえて

ひとりでいないで

椅子の脚がどんどん伸びていって、だれも上ってこられない高さのところに取り残されてしまった。

「ほうっておけばそのうち自分で下りてくるでしょ」

椅子から降りることもできたけど、なんとなく、ひとりでいるのも悪くないような気がした。どうしようかと迷っているうちに時は経ち、さびしさに耐えられなくなって下りようとしたとたん、気がついた。しまった、こんなに高いところにひとりでいたなんて。

ぐずぐずしているあいだにまた時間は流れ、もうひとりでいることよりも下りていくことのほうが怖くなってしまった。自分を見ている人たちのなかに、手を差し伸べてくれる人はだれもいないのだから。だれでもいいから、「下りてきてもいいよ」と言ってくれたら、思い切って飛び下りるつもりだったのに……。

揺れ動く
心を
つかまえて

眠る前に

すべてが寝静まる頃、さびしさはそっと目を覚ます。暗い部屋のなか、疲れきった体を横たえても、心がさびしさに揺さぶられてなかなか寝つけない夜は、なにげなく枕元の携帯電話を手に取る。やり取りしたメッセージを読み返してみたり、SNSのプロフィール欄を見たり。その短い文章には、おもしろい言葉や名言、決意が書かれていることもあるけど、ときに胸が痛むような言葉も目につく。自分を傷つけた人への恨みごとや、憂うつな気持ちを遠回しに書いた言葉もある。

　みんなの話をじっくり読んでいると、自分と同じように、みんなもさびしいんだということに気づく。ひょっとするとその人たちも、こうやって暗い部屋のなかで携帯電話を見つめながら、さびしさと向き合っているのかもしれない。

揺れ動く
　　心を
つかまえて

すれ違いの瞬間

一時は生き別れの双子じゃないかと思うほど相性のよかった人と完全に縁を切る前、じっと考えてみる。

「この人とは、どうしてこうなってしまったんだろう？」

以心伝心の仲で、相手の言うことならなんでも鵜呑みにするくらい信じていたのに、縁を切るまでになった理由はなんだろう？　別れの痛みよりも、ここまで距離ができてしまったことに対する疑問のほうが大きい。思い出すだけで恥ずかしくなるような子どもじみたいざこざや、いまだに腹の虫がおさまらないけんかまで、いろんな理由があるかもしれない。

いくつもの言葉や行動、表情で、お互いの心にひっかき傷をつくり、ついにはこう言い放つ。

「合わなかったんだよ。ただそれだけ」

だれよりもわかり合えると思って始まった関係が、どうしてもわかり合えなくて終わってしまう。いっそのこと、悪者がいれば思い切り罵って、きれいさっぱり忘れることだってできるのに、どちらも悪くなかったり、どちらも間違っていない場合のほうがずっと多い。

でも、そのすれ違いの瞬間は、やがて次の出会いへとつなが
り、またこう言う日がやってくるかもしれない。
　「あなたとはすごく気が合うみたい。会えてよかった」

揺れ動く
　心を
つかまえて

これがいいんだもん

素朴でかわいい意地

狭い箱のなかに、むりやり入り込もうとする猫の姿をよく目にする。手のひらほどの小さな箱のなかに大きな体をねじ込む、その意地といったら！

　そんな素朴でかわいい意地が、みんなひとつくらいはあるだろう。まわりの人にはとうてい理解できないような意地を張ることもあるかもしれない。だれが見ても、やりにくくて、非効率的で、そのうえ損をするほどの、変な片意地もあるかもしれない。それを自分でよくわかっていても、意地を捨てることはむずかしい。意地と自分とのあいだには、快適さ、やすらぎ、楽しさ、そして快感があるから。人に迷惑をかけない限り、意地とは自分が満喫できる、そして守られるべき孤独じゃないだろうか。

ひとりぼっちのきみに

だれかと一緒にいるときに感じる孤独は、他人から伝わってくる疎外感による感情であることが多い。グループのなかで、ぽつんとひとり取り残されたような感情。みんなと仲良くなりたいのに、話を切り出す勇気がなくて、あるいは、これといって話題が思い浮かばなくて、輪に入れずにひとりになってしまうときもある。そういう孤独は、だれかのあたたかいひと言で簡単に消えてしまう。ひとりぼっちになって感じる孤独は、自分を包み込んでくれる関心で癒やせるのだ。

でも、この世にあるのはそんな孤独だけじゃない。ひとりぼっちになる前に、「ひとりが好きだから」と、自分からすすんでひとりになることを選ぶこともある。はじめは、これ見よがしにすこしずつ垣根をつくっていくけど、気づけばそのなかに閉じこめられてしまったりもする。そんなときは慌てずに、垣根から出てくればいい。

どうやって出るのか？　なにか一大決心や決定的なきっかけが必要だと思いがちだけど、ただ、縮こまっていた背中をぴん

と伸ばして、体についたほこりを振り払ったあと、垣根をぴょんと飛び越えるだけでいい。

　照れくささと決まり悪さで勇気が出ないかもしれないけど、いつまでもそのなかで暮らすわけにはいかないから。自分がつくった孤独という囲いは、思ったよりも高くない。外から見れば自分の姿がちらちらと見えるくらいの高さだろう。だから、もう外に出てきても大丈夫。

揺れ動く
　心を
つかまえて

恋しさが募ると

いつからだろう？　だれかに電話をかけることが減り、無機質
な呼び出し音を聞きながら、相手の声を待つこともほとんどな
くなった。そして、ある日ふと、通話ボタンを押すのではな
く、恋しさを押し殺してばかりいる自分に気づく。地球の反対
側にいる知人のささいな日常も簡単に知ることができる世の中
だけど、なぜかじかに声で思いを伝えることは、だんだんとむ
ずかしくなっていく。
　「恋しい、会いたい」
　ときに、愛しているという言葉よりも言いにくいけれど、必
ず伝えるべき告白。今、頭に浮かんだ人に電話してみよう。た
わいもない天気の話や、なにげないあいさつでもいい。そし
て、会いたいという言葉を、思い切って口にしてみよう。心に
あふれる恋しさを、そのひと言に込めて伝えれば、相手も同じ
気持ちだったと打ち明けてくれるかもしれない。

揺れ動く
心を
つかまえて

むいてもむいても

「自分のなかに自分が多すぎて」*

　自分自身を見つめるのに、この歌詞ほどぴったりな説明があるだろうか。玉ねぎのように、皮をむいてもむいても終わりのない「自分」という人間……。自分のなかには、前から知っていた姿も、はじめて見る姿も、ときには認めたくない、あさましく薄情な姿もある。

　自分のなかにいるたくさんの自分を励ましながら引っ張るキャプテンの役割を果たせていると思っていても、ときにわがままな自分が飛び出してきて困ってしまうこともある。でも、あまり心配しなくても大丈夫。「ああ、こんな姿もあったんだな」と、いつもとは違う自分を信じてみるのも悪くない。

　いらないからといって自分の姿を捨てることもできないし、うらやましいからといって他人の姿を自分のものにすることもできない。だから、自分をうまく励ましながら、仲良くやっていくしかない。

揺れ動く
心を
つかまえて

＊韓国のフォークバンド「詩人と村長」の代表曲「가시나무 (＝カシナム、茨の木)」の冒頭の歌詞。のちに歌手のチョ・ソンモがリメイクした。

「待つ」という幸せ

人生がいつも平和で、居心地よくて、あたたかければいいけれど、どんなときも幸せだとは限らない。ときには、灼熱の砂漠にふく砂嵐のような、目も開けられないほど過酷な困難にぶつかることもある。

やさしく包み込んでくれる記憶もあれば、逃げ出したくなるようなつらい記憶もある場所、それが自分の心のなかだ。そこには、果てしなく続くひとつの壁がある。そして壁の向こう側には、自分が「待っているもの」がある。それがなにかは、人によって違うだろう。

家族、恋人、友人、夢、目標……。

壁の向こうにあるものがなんであれ、いつか会いたいと切に願っているということには変わりない。強く願うその時間が積み重なっていくにつれて、びくともしなかった壁もだんだんと崩れていく。今はまだ小さな割れ目かもしれないけど、すこしずつその割れ目が大きくなり、いつか一気に崩れ落ちる。そし

てついにはあれほど望んでいた、壁の向こうにあるものと出会うだろう。そのときまで、切実に望むその気持ちを、どうかひとつずつ積み重ねながら待っていてほしい。

揺れ動く
　　心を
つかまえて

壁はもうすぐ
崩れるから
そこで
もうすこしだけ
待ってて

愛の大きさ

恋愛を始めると、「どちらが相手をより好きか」によって、片方が主導権を握るケースがある。それはやがて上下関係をつくる。相手をより好きなほうが、相手をそこまで好きではないほうに、絶えず気持ちを与え続ける関係になってしまうのだ。

　愛を1受け取ったら、同じ1で返すことはできなくても、関係を保つにはお互いにたくさんの努力が求められる。相手のくれた気持ちを大切にすることはもちろん、それ以前に気持ちをちゃんと受け止める準備ができていないといけない。もし、このふたつを備えていない人が、運よくだれかに愛されるとどうなるだろう？　じゅうぶんな愛をもらっているにもかかわらず、もらった先からこぼれていって、大事に取っておくことができない。それに、どんなにたくさん愛をもらっても心が満たされないので、寝ても覚めても相手に愛情を欲するようになる。

　それを繰り返していると、結局はお互い疲れてしまう。相手にじゅうぶん愛されているのに、心に

穴が空いているように感じるなら、もらった愛をちゃんと大事にできているかどうか、じっくり考えてみよう。

ドバドバ

「小雨に服が濡れるのにも気づかず」という韓国の言葉がある。うつも同じだ。知らないあいだにすこしずつ水が染みて、気づけば深いうつにのまれて溺れてしまう。でも、それを「心の風邪」くらいにしか考えず、軽くあしらってしまう場合が多い。ほかの人の気分や気持ちには細やかに気を配るくせに、自分のことにはあきれるほど無関心になるものだ。そうしているうちに、うつは足元をすこしずつ濡らし、腰へ、首へ、ついには自分の背よりも高いところまで押し寄せてきて、丸ごとのみこんでしまう。

　深刻なうつにならないための方法はふたつ。自己愛をもつこと、そして、うつがたまってきたら、その都度捨ててしまうこと。自分の心は自分でめんどうをみる。自分に無関心すぎて、深いうつにのまれてしまわないように。

ガラス瓶の世界

コントによく出てくる、「ガラスの壁があることに気づかずに
歩いていた人が、バンッとぶつかり倒れるシーン」を見なが
ら、わたしたちは大笑いする。転んで痛がっているまぬけな姿
もそうだけど、ガラスの壁にまったく気づいていない様子はな
んとも滑稽だ。ちゃんと目の前にあるのに見えないなんて！

　でも、ひょっとするとわたしたちは、それぞれ自分だけのガ
ラス瓶のなかで暮らしているのかもしれない。ほかの人たちの
目にはちゃんと見えているのに、そのなかにいる自分の目に
は、ガラス瓶のなかと外の世界との境界が見えなくなっている
んじゃないだろうか。

　あ、そうか。色のついたガラス瓶なら、自分でも見えるかも
しれない。ただ、世界がガラス瓶の色に染まっているように見
えるだろうけど。

他人の幸せ

今あるこの平凡な日常も、だれかにとってはうらやましいと思われるものだとわかっているけど、他人の幸せが気になってしまうのはしかたのないこと。もちろん、ほかの人にだってつらいことはあるだろうけど、それはほんの一瞬だけで、楽しいことのほうがずっと多いはずだと、つい思い込んでしまう。この世のありとあらゆる不幸はただ自分にだけ押し寄せてきて、幸せはまたたく間に過ぎ去ってしまうんだと思ったりもする。わたしたちはみんな、お互いの人生をうらやみながら生きているのかもしれない。

「幸・不幸、保存の法則」があると考えてみてはどうだろう。幸せを＋、不幸を－として、人の一生分の幸と不幸をぜんぶ足すと「0」になるという法則があると考えるのだ。

果てしなく続く苦しみのトンネルをさまよっているときは、幸せなんて絶対に訪れないと思っていても、いつかはトンネルを抜けて、まぶしい幸せを迎える日がくる。ありきたりな言葉かもしれないけど、幸と不幸は、必ずバランスよく保たれている。この世には、永遠に続く不幸も、永遠に続く幸せもない。

だから、他人の幸せをあまりうらやむ必要はない。また、今の自分の幸せに酔いしれて、ふんぞり返らないようにすることも大切だ。

揺れ動く
　心を
つかまえて

この道じゃないかもしれないと
思ったら

隊長の指揮で、一生懸命、山を登っていく隊員たち。ようやく
頂上にたどり着いたとき、隊長が言った。「この山じゃなかった
みたいだ」。そのあと、彼らはどうしただろう？　未練なく、
ほかの山に向かってまた一生懸命、歩き始めた。

　心を尽くして打ち込んできたけど、あるとき突然、「今やっ
ていることは正しいんだろうか？　この道じゃなかったらどう
しよう？」と思うことがある。考えただけで体中から力が抜け、
気が遠くなる。

　それが好きなことだったら、その気持ちすら冷めてしまうほ
どの虚無感にさいなまれるかもしれない。確信をもって懸命に
努力してきたのに、なにもかも思い違いだったかもしれないと
いう恐怖に襲われるだろう。一度、疑心が生まれると、それが
いつまでも足かせとなり、知らんぷりして先に進むこともでき
なくなってしまう。

　「今すぐまた別の道を探すべきだろうか。自分はもうここま
でなんじゃ……」

　いろんな心配が先立つだろうけど、まずは、「この心配も正
解じゃないかもしれない」と自分に繰り返し言い聞かせなが
ら、ブレーキをかけないといけない。今やっていることをやめ
てしまったり、一からなにかを新しく始めるよりも、今までや

ってきたことを修正して立て直すことを選んだほうが、うまく
いく確率がずっと高い。とくに必死に努力してきたことならな
おさらだ。

　もし今、自分が選んだ道、歩いている道に、つかみどころの
ない不安がもぞもぞと頭をもたげているなら、すこしだけ足を
止めて、ゆっくり見渡してみよう。自分の選択と、歩んできた
道、そしてそれに対する自分の気持ちを。

放っておかないで

「もう、どっか行ってよ！」

　心にもないことを叫ぶ女の声に男は背を向け、女は心のなか
でまたこう叫ぶ。

「だからってほんとうに行っちゃうわけ……？」

　行ってしまえと自分で言っておいて、相手を恨むこのあまの
じゃくな状況。

　それは、往々にして起こることだ。

「わたしにかまわないで！」

　だれも近づけないように威嚇し、すみっこでうずくまって座
っていると、いずれさびしくなってくる。

「ほんとうに放っておくなんて……」

　それでも、まただれかを呼ぼうという気にはならない。人恋
しいと思う気持ちと、ひとりでいたい気持ち、その狭間に深い
孤独が迫ってくる。あなたは今、だれかと一緒にいたい？　そ
れとも、ひとりでいたい？

揺れ動く
心を
つかまえて

chapter 2

お互いの心を見つめながら

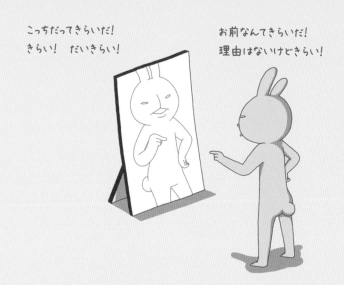

こっちだってきらいだ！
きらい！　だいきらい！

お前なんてきらいだ！
理由はないけどきらい！

自分から歩み寄る

理由もなくきらいな人もいれば、なにもしてくれなくても好感をもてる人がいる。そして、自分に親切でも好きになれない人もいれば、意地悪をされても理解できる人がいる。

　こういったいくつかの例外はあるにせよ、わたしたちはほとんど、鏡と向き合うように、お互いに同等の気持ちと態度で関係をつくっている。相手がやさしくしてくれたら同じようにしてあげたくなるし、自分に冷たくする人には同じように接するようになる。

ぼくも…きみが
好き

きみが好きだ
やさしくして
あげたい

　とても幼稚に思えるかもしれない。でも、人の心なんてそんなものだ。もし相手が自分につらく当たってきたら、同じようにつんけんするのではなく、にっと笑って手を差し伸べてみてはどうだろう。「あっちが先にやったんだ」という考えはひとまず置いておいて、一度だけ違う反応を見せてみよう。そうすれば相手もたじろいで、自分の行いを恥じるかもしれない。

61

適度な距離感

過去にどんな影響を受け、どんな傷を負ったのかはわからないけれど、いつもトゲを逆立てている人がいる。心ない言葉ばかりを選んで攻撃してくる人の過去を、気長に理解して寄り添ってあげようとは、なかなか思えないものだ。その人の事情がどうであれ、その鋭い言葉に傷つくのは、ほかでもない自分自身なのだから。

　わざわざ近寄っていって、聞きたくない言葉に耳を傾ける必要はないけど、一度くらいその人について考えてみてはどうだろう。もちろん、なにがなんでも相手を包み込んで理解してあげようというわけじゃない。ただ、遠くから眺めながら、ああやってトゲのある言い方をする理由はなんだろうと、想像してみる。

　もしかしたら自分も、だれかを知らず知らず傷つけるような言葉を口にしたことはなかったか、考えたりもしながら。

お互いの
心を
つめながら

口げんかのあと

身近な人と口げんかすると、たびたびお互いに取り返しのつか
ない傷を負わせてしまうことがある。時間が経てば水に流すこ
とはできるけど、一度深く刻まれた傷は、いつまでもうずき続
ける。

　親しい仲であるほど、相手がどんな言葉に心を痛めるのか、
どんなところを指摘すればダメージを受けるか、よく知ってい
る。そのために、ささいなことで始まった口げんかでも、取り
返しのつかないくらい大きくなってしまったりもする。「身近
な人のほうが怖い」という言葉もあるくらいだ。親しい人ほど、
愛している人ほど、大切にしてあげないといけないのに、とき
としていちばん大きな傷を残してしまう。

　毎回、気をつけようと思いながらも、気づけばまた暴走する
機関車のように歯止めがきかなくなり、「しまった」と思う経
験があるはず。「これだけは言うべきじゃなかったのに……」
と思ったところで、後の祭りだったこともすくなくない。もう

64

二度と、相手を傷つけるようなことは言うまいと誓っても、すぐに忘れて同じ失敗を繰り返してしまう。

　口げんかを避けられないなら、せめて、相手の急所だけは攻撃しないよう心がけてみよう。愛する人が自分のせいで傷つくのは、結局は自分が傷つくのと同じことだから。

長い一日の終わりに

朝、目を覚まして、夜、眠るまで、なんとか乗り切らないといけない日がある。

　重いまぶたをこじ開けて始まった長い一日を終えて家に着くと、ひざからガクンと崩れ落ち、玄関で靴を脱ぐより先にへたり込んでしまう、そんな日……。銃や刀を手に戦ってきたわけでもないのに、暗い路地を通ってやっと家に帰ってきたとたん、今日も「生き残った」という気持ちがこみ上げてきて、一気に涙があふれ出る日……。

　みんなも、一日一日を耐えながら、一カ月、一年……そうやって歳月を重ねているんだろうかと、ふと気になる。

　次の日のことを考える暇もなく、疲れきって眠りこける日々。そんな日が続きませんようにと願ってみる。「まあ、たまにはこんなつらい日もあるさ」と思いながら、必死に自分を励ます。

　明日は耐え忍ぶ一日ではなく、笑顔で過ごせる一日になりますように！

お互いの
　　心を
　みつめながら

ソルト、
ひとつアドバイス
してあげよう！

はいよ、どうぞ～

いい言葉だけど聞きたくない言葉

自分に有益なアドバイスでも、聞きたくないときがある。

「わかってる。わかってるけど聞きたくないんだ！」

どんなにためになる話でも、反抗心が大きくなるばかりで、結果としてはありがたい話として記憶に残らない。

反対に、自分がだれかにアドバイスをしなければならない状況になると、今度は相手の顔色をうかがってしまう。こんなこと言っても大丈夫だろうか、自分はよかれと思って言ったのに、変に誤解されたらどうしようかと、あれこれ悩んで口にすることをためらってしまう。

役に立つアドバイスだとしても、する側もされる側も、とても慎重になる。

アドバイスの内容をきちんと消化することが大事だ。そうすれば、お互い気を悪くすることなく、気持ちよく接することができるだろうから。

心をプリントできれば

　自分の気持ちを誤解なく伝えることは、一見簡単そうでとても
むずかしい。心は目に見えないから、あちこち指さししながら
説明することもできないし、写真を撮って見せることもできな
ければ、ひっくり返して取り出すこともできない。

　心の内をありのままに伝えたくても、限られた単語と文章で
は満足に表現できない。一歩間違えれば、誤解を生んで胸を痛
めるだけだ。そんなときは、自分の気持ちをそのまま印刷して
くれる、プリンターがあればいいのにと思う。感情によって紙
の色も変えて、ぴったりの書体を選ぶことができれば申し分な
い。そうすれば、今まで完全には伝えられなかったほんとうの
気持ちを、素直に、正確に伝えられるかもしれない。

できたら
いいな…

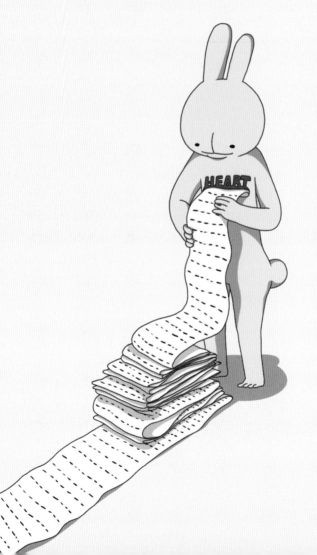

お互いの
心を
見つめながら

傷を癒やすために

飼い犬に手を噛まれたという経験談を、まわりでよく耳にする。裏切られた側は、状況を把握し、事態を収拾し、相手を問い詰め、悔し涙に暮れたりと、あちこち振り回されっぱなしだけど、裏切る側は「裏切ってそれで終わり」であることが多い。

　傷が癒えても、後遺症はずいぶん長引くだろう。同じような「犬」を見ただけで傷がうずくくらいに。これまで微塵の疑いもなく信じていた人に予告もなしに裏切られるという経験は、なんの関係もない人への信頼にまで大きな影響を与える。ひとりで苦しみを抱えていると、だれかを信じる気持ち自体を失ってしまうかもしれない。

　だれかに裏切られたと思ったら、いちばん信頼できる人にすがりついて泣いてしまおう。そうすれば、人を信じる気持ちは守られ、裏切られた傷も癒やすことができる。そうしないと、裏切られたという怒りがやがて悔しさに変わり、自分に襲いかかってくるかもしれない。

裏切りという傷を負ったら、いちばん信頼できる人に頼ろう。そばに頼れる人がいるんだと実感すれば、傷によって生まれた不信感をやわらげることができるはず。

お互いの
　　心を
見つめながら

「話す」と「聞く」

顔に口がひとつ、耳がふたつある理由は、自分が話すよりも相手の話をよく聞くためだという。

　コミュニケーションの基本は「会話の方法」を守ることだ。会話するときは、話すことと聞くことのバランスをうまく保たないといけない。このふたつの要素がいいあんばいで混ざり合わないと、会話の不均衡が起こって、コミュニケーションがむずかしくなる。

　自分の言いたいことばかりを話して、相手の話には耳をふさいでしまう人に会うこともあるだろう。それが身近な人だと、

ちょっと黙って
聞いてくれない？

…聞くってなに？

ますます困ってしまう。共感しながら寄り添うどころか、苛立
たしくなる会話、それがまさに相手の言葉にはまったく耳を貸
さず、一方的に話し続けることじゃないだろうか。

　ひと言話したければ、相手のふた言を先に聞いてあげよう。
そういった会話のしかたが、自然とコミュニケーションにつな
がっていく。はじめはひと言でも多く話したくて、口がむずむ
ずするかもしれないけど、続けていけば、口だけあって耳はな
い人間にはならずにすむだろう。

言葉に勝る沈黙

沈黙も、ひとつの会話の手段だという。

「ひと言も話さずに会話が成り立つの？」

疑問に思うかもしれないけど、よく考えてみると、休みなく話し続けるよりも、ずっしりとした言葉ならざる沈黙のほうが、心の奥深くまで響く場合がある。沈黙する人の表情としぐさ、眼差しは、言葉では言い尽くせない感情をも物語る。あえて言葉を交わさなくても、それは一種の「会話」と呼ぶことができる。

ただ、沈黙にはいい沈黙と悪い沈黙があることを忘れてはならない。言葉では言い尽くせない気持ちを沈黙で表現できれば、それはいい沈黙だ。反対に、会話を拒んだりコミュニケーションを遮る、つまり、会話が必要なのに頑なに口を閉じている沈黙は、悪い沈黙だ。

つい意地悪してしまう

だれかになにかされたわけでも、運の悪い出来事があったわけでもないのに、なぜか人に意地悪してしまうときがある。自分でも理解できない苛立ちを覚えていることに気づくと、途方に暮れてしまう。原因がわからないので、このいらいらを鎮める方法もわからない。ぶつぶつと、そばにいる人に八つ当たりしながら口をとがらせるばかりだ。

　次の日には、申し訳なさと気まずさで頭を掻きむしりたくなるかもしれないけど、今日だけは許してほしいと思う。後悔するとわかっていても、だれでも理由もなく意地悪してしまう日があるだろうから。

　ぶつぶつ、ぶつぶつ……。

間違いじゃなくて違うだけ

「群れるとばかになる」という言葉がある。自分で判断する前に、多数派にすり寄って愚かな決定をくだす状況のことをいう。グループのなかにしかいない人たちは、「違う考え」を「間違った考え」だと決めつけて、誤った判断を下し、それが誤った判断であることにすら気づかない。

このように、「違い」を「間違い」と規定してしまうことがよくある。ときには、グループに属しているという理由だけで、望まない決定を強要されることもあれば、自分の意に反してグループの肩をもたなければならないときもある。違いを間違いだと受け止める人は、だれかにとっては自分たちの判断も「間違い」になりうることに、どうして気づかないんだろう？

みんなが選ぶ道こそが正しいと考える世の中では、みんなと違う道を選択した瞬間、耐え忍ばなければならないことが重くのしかかってくる。それにもかかわらず、その重圧感に耐え、自分の信念を貫いた人たちに熱いエールを送りたい。

あなたは、決して間違っていない。

ある日
突然

心がボトッ

心が重いなと感じてはいたけど、まさか丸ごと落ちてしまうなんて思ってもみなかった。傷ついたぶんだけ、心がばらばらと砕けることはあったけど、体がふらつくくらいごっそり取れてしまうとは。いつもと変わらない一日を過ごし、なにげなく体を動かした瞬間、まんなかにぱっくり穴が空いてしまったという経験はないだろうか?

　痛みを感じる間もなく、頭が真っ白になるくらい絶望的な状況に陥ってしまったら、まずは心の傷の具合をしっかりたしかめること。この心をまた元に戻せるか、それともほかの心で満たすべきか、見定めないといけない。心がいつから重くなり始めたのか、どこが傷ついていたのかを考えるのは、そのあとでも遅くない。

治癒が必要な時間

心の小さな傷は、薬を塗って数日経てばふさがるだろうけど、まともに立っていられないくらいの大きな傷の場合はどうすればいいだろう？ 取れてしまった心を簡単に見捨てることもできないのに。

大きな心のかたまりが落ちてしまったときの、いちばん適切な応急措置の方法はこうだ。まずは床に転がっている心をそっと手に取り、元の場所に戻してやる。次に、傷口がひどくならないように、まんべんなく「自己愛」という軟膏を塗ってあげよう。そうしたら、今度は心のかたまりと自分の体をしっかりつなぎ合わせることに集中する。絆創膏をぺたぺた貼っただけで治るような軽い傷ではないから、何針か縫うことになるかもしれない。

はじめは、歯を食いしばって痛みに耐えないといけないだろう。でも、その瞬間を乗り切れば、あとは時間が経つにつれて心がしっかりと根を下ろす。大きな傷跡は残るだろうけど、そ

の傷跡のおかげで、過去の傷から目をそらさずに治癒できるようになる。

お互いの
心を
見つめながら

だれにでも秘密の部屋があるから

　だれも知らない話がある。それは通り過ぎていった出来事だけ
ど、まだ過去のものになっていなくて、いまだに自分の影に隠
れてつきまとう。いちばんの親友にやっとの思いで打ち明けた
り、酒に酔った勢いで道端で叫んだ話。あるいは、口に出すこ
とを想像するだけで、鼓動が速くなり体から力が抜けてしまう
ような、そんな話……。
　だれにでも、自分だけの秘密を封印している部屋がある。隠
しておいた傷と向き合ってもひるまない勇気をもてるようにな

まだ向き合えない

あの瞬間
あの人たち
あの言葉…

っaccessced、その部屋まで歩いていって扉を開け、なかに足を踏み入れられるだろう。いつになるかはわからないけど、それまではただ通り過ぎても大丈夫。ただし、秘密の部屋に入る勇気を育てるために、心を鍛えないといけない。傷とちゃんと向き合えるようになったとき、ようやく「自分」という人間の失われたかけらを見つけられるから。

　まずは心の廊下を行ったり来たりしながら、秘密の部屋を見つめることから始めてみてはどうだろう。

お互いの
心を
つめながら

87

率直に、あたたかく

人と人が、率直に会話できる時間はどれくらいあるだろう？
意外とそんなに多くない。親しい間柄では、お互いを傷つけて
しまうのでないかと不安になるし、親しくない人とは、相手を
よく知らないだけに、本音で話すのはなかなかむずかしい。

　目の前につらくけわしい道が待ち構えていたり、誤った選択
をしてしまいそうなとき、だれかがくれる愛情のこもった率直
なアドバイスは、まっすぐ、ずっしりと心に響くだけでなく、
あたたかさも伝えてくれる。率直なアドバイスをあたたかく伝
えるには思いやりが必要で、そのタイミングもよく見定めない

といけない。

　大部分の人たちは、率直さを理想的な会話の要件だと考える。でも、相手に対する思いやりを欠いたまま吐き出された率直な言葉は、毒舌に変わりやすい。好意的な関係をむしろ防御的に変え、結局はみんなを傷つけてしまうだろう。会話を始めるときの心はあたたかかったかもしれないけど、下手な率直さは、冷たい氷のかけらとなって相手を攻撃する。

　率直なアドバイスをしながら気持ちよく会話をしたいなら、まずは相手の心をよく観察して思いやってあげよう。

もっといい自分になるまで

「温室育ち」というように、苦難や逆境、つらい経験をしたことがないために、ちょっとしたことですぐにくじけてしまう人がいる。雑草のようにきびしい環境に身を置く必要はないけど、苦難はときとして、人生の大きな養分にもなる。もちろん、苦難を乗り越えられる力が必要だ。

　1発殴られて倒れてもいい。傷に薬を塗って、治ったらまた元気よく起き上がれるから。時間が経って、また傷を負うこともあるかもしれない。つらい日々が繰り返されないにこしたことはないけど、遅かれ早かれ、つらい出来事はいつかまた訪れるだろう。2回目に負った傷の痛みは、前よりはましだろうか？　そうかもしれないけど、苦痛であることには変わりない。でも、もう一度立ち上がれる方法、痛みをやわらげる方法、ときにはよける方法などを学んだおかげで、自分を傷つける言葉や状況にうまく対処できるようになる。心を守る術を学んでいくのだ。

もろかった心にもだんだん筋肉がついてくる。知恵が芽生え、要領も身についてくる。これから訪れる困難に立ち向かうための、自分だけの武器をもてるようになるのだ。ついにはそれが、自分を守ってくれる力になる。

自分を
強くしてくれた言葉を
忘れない

お互いの
心を
つめながら

chapter 3

心 を 案 じ る

小さくても丈夫に

健康、家族、夢……。人生で大切なものを挙げたとき、十本の指に入るものたち。幸せに暮らすためには、どれひとつとして欠けてはならない。これらはすべて、外から与えられるのではなく、自分自身から広がっていくもの。まずは、絶えず自分自身を観察することが大事だ。傷がついてひび割れた部分があれば、しっかりつなぎ合わせてやろう。たとえ、その手つきがまだ弱々しく不器用だとしても、続けないといけない。

　自分を丈夫にしていけば、強くなった自分という種から幸せが芽を生やす。またたく間に強くしなやかな枝をぐんぐん伸ばし、やわらかな葉をつけ、いつしか美しい花を咲かせ、実を結ぶだろう。幸せは、一度芽生えさえすればみずから養分をつくりながら育っていける。最初の芽を生やすまでがいちばんむずかしい。そのすべての始まりとなる種を丈夫につくる努力がなによりも大切だ。

一週間分の傷を

癒やせる

場所へ

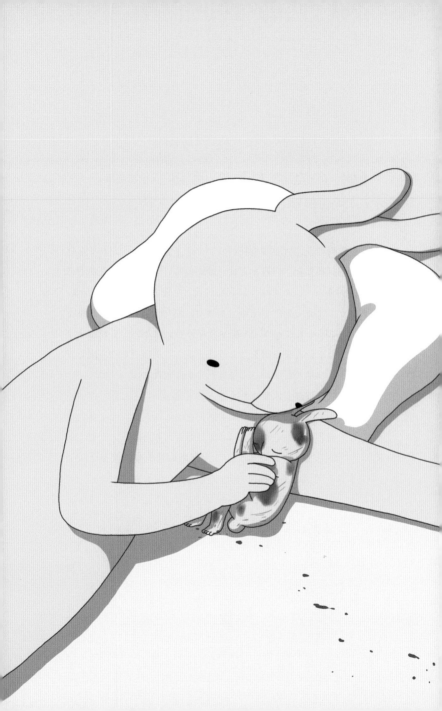

自分のためだけの時間

一日の終わり、一週間の終わり……。夕方や週末、だれでも休む時間が必要だ。一日または一週間のあいだ、傷ついたかどうかは関係なく。けわしい「平日の山」を登りながら負った傷、たまりにたまった疲れとストレスを、自分だけの「ベースキャンプ」に戻ってじゅうぶん癒やさないといけない。それをせずに、また平日という山を登ろうとすると、一歩目を踏み出したとたんに、足ががくがくと震えだすかもしれない。

　休息は、遊びとはまったく違う。景色のいいところへ遊びに行ったり、公演を観たり、映画鑑賞をすることは、考えただけでも、楽しいというよりどっと疲れるときもある。そんなときは、こうしてみてはどうだろう。部屋の照明や電源をすべてOFF にして（とくに携帯電話）、なんの計画も立てずに、とりあえずベッドに寝転がる。その次にすることは？　ただ天井を見つめる。ゆっくりまばたきしながら、じっと寝転んでいるだけでいい。そのうち眠くなってきたら、そのままぐっすり眠ろう。

日常で負った傷を癒やすには、心安らぐ休息の時間が必要だ。そうしてはじめて、自分の姿をきちんと見つめられる時間ができる。

気持ちに素直に

感情や考えをはっきりと表現しながら生きたいと思っていて
も、泣きたいときはがまんして、笑いたいときまでがまんしな
いといけない場合もある。楽しいときの感情はまだ表現しやす
いけど、悲しいときの感情はぐっと押し殺してしまう。

　そんなことを繰り返していると、心まで勘違いし始める。悲
しい状況では涙を流して心をなぐさめてやらないといけないの
に、感情を無視したまま、自分を思いやりいたわる過程を飛ば
してしまうのだ。いざ泣きたいときには、泣けなくなってしま
うかもしれない。あるいは、涙を流すことはできても、心の底
からあふれ出すほんとうの涙は流せなくなるかもしれない。心
で泣く方法を忘れてしまうのだ。

　心から泣く方法を思い出すには練習が必要だけど、これがま
たむずかしい。感情を表現すること自体に慣れていないから。
今まで感情をうまく抑えこんできたのに、わざわざ表現する必
要があるのかと思ってしまう。気持ちを素直に表現することが
だんだんとむずかしくなっていく。

心が自由に呼吸できるようにしてあげよう。悲しいときやつらいときだけでも、声をあげて泣けるように放っておいてあげよう。泣きたいときは泣き、笑いたいときに笑う、今からでもこの当たり前のことができるように努力してみてはどうだろう。

いつもきみの味方

どんなときも味方になってくれる人がひとりでもいれば、成功した人生だという。

「味方」といえば、真っ先に思い浮かぶのは家族、そして友だちだろう。家庭や学校から巣立ち、社会に出ると、味方という存在はさらに切実になる。社会では、あたたかくなぐさめられたり認められることよりも、冷たく評価されたり非難されることのほうが多いからだ。なにか失敗でもした日には窮地に立たされ、自分ではどうしようもない状況に陥るときもある。そ

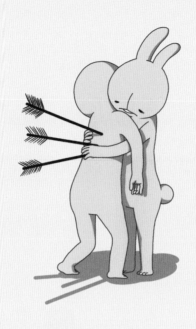

んなとき、味方になってくれる人が必要だ。

　下手ななぐさめの言葉よりも、一杯のコーヒーをそっと差し出してくれる人、過ちを責め立てて説教するよりも、まず助け起こしてくれる人、涙を必死にこらえている自分が思い切り泣けるように肩をかしてくれる人……。そんな人がそばにいたら、どんなに心強いだろう。そんな人が、まわりにいるだろうか？　そして、自分もだれかにとって、そんな頼もしい存在になれているだろうか？

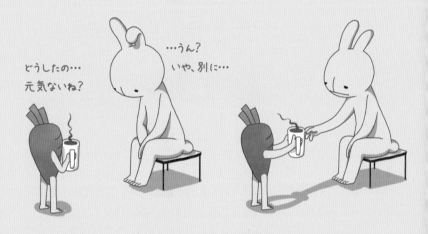

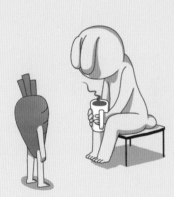

あのさ…

心を
棄じる

心を
案じる

信じてくれる人

だれかが自分を信じてくれていると思うだけで、心強く、ありがたく感じるものだ。自分でも自分が信じられないときがあるのに、ほかの人がなぜ自分を信じてくれるのか疑問に思うかもしれないけど、思わずにこにこしてしまうくらいうれしくなる。できないと思っていたことも軽くできてしまいそうな気がするし、縮こまった肩も「えいっ！」と気持ちよく伸ばせるような勇気が湧いてくる。

　信じるという言葉は、真に心が通い合った人とのあいだでいちばん大きく響く。みすぼらしい石ころも黄金に変えてしまう、錬金術のような力を秘めているのだ。

　信じると言ってくれた人に対する感謝と、寄せられた信頼への責任感、そして、自分という存在がだれかに信頼を与えられるだけの価値があるということを実感したときに生まれる自尊心。現に、適度なプレッシャーは責任感となって、心を勇気づけてくれるという。だれかに対する無条件の信頼は、なによりも熱い応援なのだ。

痛みを掃除中

幻視は、極端な苦痛を経験したあとに感じる、意識障害のひとつだ。一種の幻を見る現象といえる。虫や人間、実在しないものが見えたりする症状が現れることもある。また、体から汚物があふれ出て、拭いても拭いてもなくならないような感覚にさいなまれることもある。もう過ぎ去ったつらい出来事でも、それが残していった影がいつまでもなくならないために、長いあいだ後遺症に苦しむことになるのだ。

　世の中のすべてに終わりがあるように、今抱えている問題や経験したくないことも、いつかは終わりを迎える。でも、終わったからといって、すぐになにごともなかったかのように、以前の自分に戻ることは容易ではない。汚れてしまった周辺をきれいにして、満身創痍になった自分自身を手当てするうちに、時折幻視を見ることもあるだろう。そんなときは、きれいなタオルで心の隅々をふき取らないといけない。丁寧に心を拭き、きれいに洗い、励ましてあげよう。やがて時間が経てば、いつかはきれいになった自分を発見できるだろう。

いちばん聞きたい言葉

「そばにいるよ」

　短くても強力ななぐさめの力をもつ言葉。

　人をなぐさめるときの言葉にはいろいろある。

　「元気出して」、「大丈夫」、「きっとよくなるさ」、「それは相手が悪いね」。

　でも、他人の置かれた状況をくわしく知ることはできないし、その人の気持ちに完全に寄り添うことはできないから、これらの言葉は空中で力なく散ってしまうことが多い。

　そんなときは、「そばにいるよ」と言ってあげよう。この言葉は、崖っぷちに立たされている相手にとって、なによりも大

きななぐさめになる。

　わざわざ言葉にしなくても、黙ってそばにいてあげること
で、痛みを分かち合える。言葉で言い尽くせなかった感情を、
表情や眼差し、しぐさなどで伝えることができる。

　まわりのだれかが落ち込んでいるのに、なんと声をかけてあ
げればいいかわからないときは、「そばにいるよ」と言ってそ
っととなりに座り、同じ時間、同じ空間を共有しよう。「そば
にいるよ」。シンプルで簡単なこの6文字は、すさまじいパワ
ーをもっているから。

糸で結ばれた縁

人と人は、無数の糸でつながっている。ある糸は、色あせて干
からびたまま放ったらかしにされているし、ある糸は、ぴんと
張り詰めていて今にもちぎれそうで、またある糸は、きらきら
光を放ちながらうれしそうにつながっている。

　色も、長さも、強さも、ひいては触感も、みなそれぞれ違う
その糸は、他人と自分を、一瞬または一生のあいだつないでく
れる。縁の糸は、自分が相手に放り投げておいたからといって
つながるものではなく、相手が自分にひっかけておいたからと

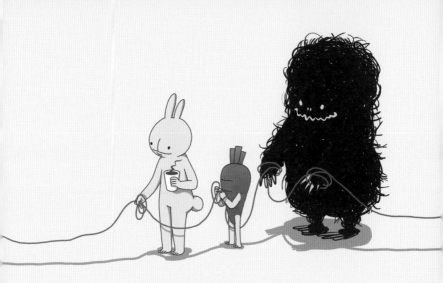

いってつながるものでもない。つながれた糸をお互いがしっかりつかんで離さないとき、縁が始まり保たれる。

　糸をしっかりつかんでいるだけでなく、たまには相手がちゃんとつかんでいるか確認してみたり、傷んだところはないかこまめに管理しないといけない。そして、お互いを絶えず観察し見つめてこそ、縁の糸が長いあいだ丈夫につながっていられるということを、忘れないでほしい。

コンコンコン、扉をノックする音

だれかの心に触れたいと思うことがある。その「だれか」は、他人かもしれないし、自分自身かもしれない。

「あの人の心はどんな状態だろう？」

「自分の心はどんな姿だろう？」

そんな好奇心から、心という場所に届きたいと思うようになる。心に直結する超高速エレベーターができて、ここから心まで一気に移動できればいいのに……。

たまには、心の奥深くまでひとっ飛びで行けることがあるかもしれない。でも、そう頻繁にできることじゃない。

すこしずつ、立ち止まることなく、こつこつと！　これが、心という場所にたどり着く方法。焦らず、駆け足にもならず、心の内側をゆっくりと見渡しながらだんだん奥に入っていくと、「あっ！　あそこだな」と思う瞬間がある。

だまされたつもりで、今日、心へと続く扉をひとつ探してみよう。扉がどんな形なのか正確に知る必要はない。ただ、扉を

開けるイメージを描きながら、じっと座って考えてみる。ひとつめの扉を見つけて開いたら、ふたつめの扉を意識しながら次の扉を探してみよう。

　そうやって、ゆっくり扉を開けていけばいい。最後の扉の前にたどり着くまで、そして、その扉を開くまで、こつこつと、立ち止まることなく、一歩ずつ、心のなかに入っていこう。

別れたあと

別れの後遺症はとてつもなく強烈で、別れた直後は特大の台風に襲われたようにぼろぼろになる。四方に散らばった心のかけらも、ある程度時間が経たないと拾い集めることができないくらいに。

　別れによって引きちぎられた心を、ひとつひとつつなぎ合わせてみる。鏡の前に立って自分を見ると、以前とは変わり果てた姿が映っているだろう。あちこち生傷だらけで、治ったとしても痛々しい傷跡が残る。

　きれいだった最初の頃の自分には、もう戻れない。別れは痛みを伴うけど、新しい自分に出会うための試練でもある。別れを経験したときにできるのは、ただ時間が流れるのを待つことだけ。傷が癒えるように手当てし、赤い傷跡が薄くなることを祈りながら。それ以上、なにもしなくていい。それ以上、できることもないんだから。

許すという言葉

「どんなに悔しいかわかる？ まさかあの人からこんな仕打ち
を受けるなんて！」

　穏やかな雰囲気のなかで落ち着いて会話をしていたけど、「も
うそろそろ許してあげたら？」という提案に、相手はついに爆
発してしまう。いまだに悔しさがつきまとい、とても許そうと
いう気にはなれないからだ。傷が深いぶん、復讐したい気持ち
も一層大きくなる。どう仕返ししてやろうかと考えることに、
心と時間を費やすようになる。自分を中心にではなく、自分に
槍を突き刺した相手を中心に人生が回るおかしな状況……。
復讐にとらわれている限り、いつまでもつらい思いをするだけ
なのに、そのほうがもっと悔しいんじゃないだろうか。苦しみ
から抜け出すために復讐を選ぶことは、かえってどんどん泥沼
にはまる結果を招くだけかもしれない。

　だれかに、「もう許してあげなよ」とはなかなか言いにくい。
とくに「許すくらいなら共倒れするほうがましだ」と叫ぶ相手
にそんなことを言うのは、火に油を注ぐよりも危険だろう。で
も、自分を傷つけた相手に変化の兆しがまったく見えないな

心を
案じる

119

ら、傷つけられた人が生きていくための最後の手段は、結局「許す」ことだ。自分に傷を負わせた相手に対する理解ありきの許しではなく、傷ついた自分が生きるための選択。

　許したからといって、世の中が変わるわけではない。傷が消えることも、相手が急に過ちを悔い改めることもない。でも、心は変わる。激しく燃え上がっていた怒りの炎が小さくなり、足を引っ張っていた「悔しさ」という重い足かせもするりと解けていく。「許す」ことは、結局は自分のためにできる、いちばん賢明で平和な選択じゃないだろうか。

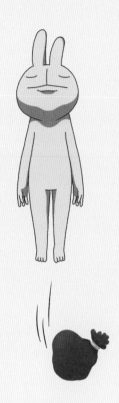

心を
案じる

自分をいたわる

ほかの人には思いやりをもってやさしく接するのに、なぜ自分にだけはこんなにきびしいんだろう？ すこし怠けただけで気がたるんでいると自分を叱り、小さなしくじりにも目くじらを立てる。

ここから逃げ出して、ひとりでうずくまっていたいと思う瞬間がある。でも、考えてみると、わざわざひとりになったところで、最後まで心をなぐさめてやれないときもある。自分を責めたり、落ち込んだり、いたわるどころか追い詰めるばかりで、中途半端な誓いや決心をしたりもするだろう。

ひとりになりたいと思うくらい疲れているなら、真っ先に自分自身に会いに行こう。心のなかに閉じ込められて泣いている自分に、声をかけてあげよう。もし、心のなかの自分が寒さに震えているなら分厚い布団をかけてあげ、わめいたり不満を言っているなら最後まで話を聞いてあげればいい。心のなかで孤軍奮闘している自分に会い、かいがいしく世話を焼いてあげよう。自責、決心、誓いは、それからでも遅くない。

心を
案じる

がんばらなくてもいい

傷だらけなのに、大丈夫だと言いながら、自分よりも相手の心
配をする人……。そんな姿を見ていると、胸が痛くなると同時
に腹が立ってくる。

「泣いてもいいのに……。痛いって泣きついてもいいのに
……。どうしてがまんばかりするの？」

つらいことがあったとき、だれかの胸元に飛び込んで素直に
涙を流す人もいれば、にっと笑って、これくらい平気だから気
にしないでと、かえって相手を気遣う人がいる。

　前者のように、涙も鼻水もぼろぼろ流す人のほうがいい。後
者の場合は、むしろ痛みが2倍も3倍も伝わってきて、なぐさ
める側まで弱ってしまう。必死に耐える姿を見ていることのほ
うが、もっとつらい。

　たまには、となりにいる人に寄りかかることも必要。もし、
だれかに頼ることが迷惑になるんじゃないかと心配なら、次に
その人がつらそうなとき、そばにいてあげればいい。一度寄り
かかったことのある人は、寄りかかられる役も上手だから。

これ以上に
素晴らしいことはないから

言葉の力はいつ発揮されるだろう？ まさに、口の外に出た瞬間からだ。言葉には催眠効果もあって、繰り返し聞くと予測が確信に変わることもある。頭で考えるだけでなく、夢や目標をまわりの人に言いふらせばいつか実現すると主張する本もたくさんある。

　だれかが毎日「かわいいね、えらいね」と褒めてくれると想像してみよう。はじめは気分がいいどころか、戸惑い、怪訝に思うだろう。「からかってるの？ ばかにしないでよ」と、不快に感じるかもしれない。それでも、そのだれかが何度も「かわいいね、えらいね」と言い続けてくれたら、だんだんと自分自身を見つめ直すようになる。自分のかわいいところ、えらいところを探すようになる。そうやって次第に長所を探していくと、自分のいいところがどんどん見つかる。そして、褒められたことを信じるようになり、やがてそれが事実となる。堂々としていて、自信がみなぎる、前向きなエネルギーの持ち主とし

て生きていくのだ。

　可能性というものも同じだ。可能性は、「成し遂げられる確率」のことで、一種の予測に過ぎない。だから、予測を100％の確率の確信に変えるためには、心構えや能力も大事だけど、まわりの人たちの信頼と励ましも同じくらい大切なのだ。

　背中の翼がちゃんと見えている人が自分にかけてくれる応援の言葉。それは「飛べるかな？」という疑問を「飛ぶしかない！」という信念に変えてくれるはず。

心を
案じる

心を見せる喜び

お腹がすいている人は、ご飯を食べると元気になる。空腹が満たされてこそ、心を落ち着かせることもできる。このように、お腹がすいている人に力を分けてあげるには、自分の茶碗のご飯をひとさじよそって、相手の茶碗に盛ってあげればいい。そのなかに、言いたい言葉がすべて詰まっているだろうから。あたたかいご飯は相手の体に入り、心となり、ついには力になる。

　こうやって、言葉や感情だけで心を分けようとするのではなく、心を行動で見せてあげてはどうだろう。さびしそうな友だちには「さびしがらないで」と励ましの声をかけるだけじゃなく、実際にそばにいてあげたり、「寒いからあたたかくしてね」と気遣う言葉だけじゃなく、自分がはめている手袋を片方脱いで差し出してあげる、そんな行動。

　心を見せる方法は、思ったよりもずっと簡単だ。

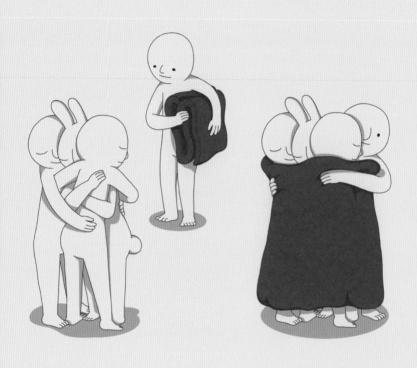

じんわりと、ゆっくりでも確実に

心のぬくもりを伝える方法はたくさんある。真心を込めて手紙
を書いたり、あたたかいお茶を出してあげたり、手をつないで
あげることもできる。そして、黙って抱きしめてあげること
も。だれかを抱きしめるということには、あまり慣れていない
かもしれない。会話をしていると、100のアドバイスよりも1
回のあたたかい抱擁がもっと大きな力になるとわかっていて
も、なかなか行動に移すことができないものだ。

　でも、つらい思いをしている人をやさしく抱きしめてあげる
ことほど、心のぬくもりをしっかり伝えられる方法はほかにな
いだろう。抱擁は、言葉では伝えきれない心の温度も伝えてく
れる。

　もし、そばにいる人がつらい時間を過ごしているなら、なぐ
さめの言葉のかわりに行動で伝えてみてはどうだろう。家族、
友だち、自分の愛する大切な人なら、ぎゅっと抱きしめてあげ
よう。

すこしずつ進んでいるなら

わたしたちは、熾烈で過酷な社会のなかで生きている。ここで生き残るためには勇気も必要だ。なにがなんでも現実に立ち向かって戦えという意味ではない。日常は戦場ではないのだから。

でも、困難にぶつかったなら、勇気を出してみよう。小さな石ころにも傷つくほど、勇気がじゅうぶん育っていないかもしれない。それでも、何度だって勇気を出そう。いつか、巨大な岩が目の前に立ちはだかっても、前に進める日がくるだろうから。

大事なのは、今この道を黙々と進んでいるという事実であって、強く望んでいた目的地に到着できると、自分を信じて疑わないこと。すこしずつ築き上げた自分への信頼は、そう簡単にひび割れたり、錆びたりしない。

信じる気持ちを失わずに、今のように前に進み続ければいい。

134

chapter 4

傷ついた心に

心に生えたトゲ

胸を貫いて、小さなトゲが生えてきた。胸元がむずむずするなと思っていたら、どうやらこの鋭いトゲのせいだったようだ。思いやりがあってお人好しだね、とみんなに言われるだけあって、ちょっとやそっとのことでは怒ったりしない。自分に鋭い矢が飛んできても、防ぐよりも受け止めなきゃ、という義務感が先に立つ。自分さえ黙っていれば丸く収まると思っていたし、ただがまんすることが自分のためでもあるんだと、そう信じていた。

でも……今日生えてきたトゲを見ていると、そうじゃなかったんだ、という気がした。心は泣いていた。心のなかにトゲがびっしり生えるほど、自分で自分を苦しめていたかもしれないということに気づいた。

自分に怒りをぶちまける人たち、自分に頼ってばかりの人たち……。その人たちは、こちらの気持ちなんて気にかけてはくれなかった。しかも自分自身までもが、がまんしてね、耐えてね、と心に言い聞かせてきた。

　今になって気づけてよかったのだろうか？　それとも気づく

のが遅すぎただろうか？　ともかく、まずは小さなトゲから抜いてみようと思う。ぜんぶなくすことはできないだろうけど、ひとつずつ抜きながら、心を元気づけてあげよう。トゲを抜くときの痛みを恐れてそのままにしておいたら、肉とくっついてさらに大きな苦痛を味わうことになるだろうから。

　今、あなたの胸元にも、小さく鋭いトゲがのぞいていないだろうか？　見て見ぬふりをしないで、一度よく見てみよう。

失恋後の感情のかけら

心臓の一部がなくなってしまうような苦痛、体がばらばらにな
ってしまうような苦しみ。

「このまま自分は消えてしまうんだろうか……?」

　愛が終わりを迎える瞬間、自分という人間がだんだんと消え
ていってしまうような感覚に襲われ、心と体が痛む。もうすで
に、ばらばらに引き裂かれるような苦痛を感じていたから、そ
の人とは別れるしかなかったんだろうか?

　別れは、自分という存在が一瞬で打ちのめされるほどの、と
てつもない痛みを伴う。その度合いは、相手を愛した大きさで
はない。相手を愛した心が傷つき、不安を感じ、ときに憤り、
何度も胸を痛めた、そのすべての感情を合わせた大きさに比例
する。

　その瞬間にできることはなにもない。崩れ落ちていく自分自
身を見つめること以外は……。

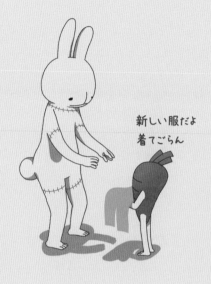

新しい服だよ
着てごらん

傷ついた
心に

うん

どう?

じゃあ、そこで
コーヒーでも…

う…うん

傷ついた
　心に

つらいよね
でもきっと
立ち直れるから…

もっと時間が経てば

別れたあと、心はどこもかしこも傷だらけ。ばらばらになった
かけらを拾い集めてくっつけ、失ってしまった部分は、同じよ
うなものを探してつけておいた。今度は、新しい服を着てすこ
し休もう。新しい服は思ったよりも気に入ったし、サイズもぴ
ったりだ。まだ体には馴染んでいないけど、時間が経てば慣れ
るだろう。

　ようやく、心のパズルのピースをはめてまた立ち上がった。
昔の自分とは違う自分だ。これでもう大人になったとは、まだ
言えないかもしれない。時間が経てばきっと大丈夫という言葉
を、何百回も聞いた。みんなの言う通り、時間に自分を丸ごと
ゆだねてみようと思う。ありきたりの言葉だと思うかもしれな
いけど、ありきたりの言葉になったのには理由があるはず。た
くさんの人が時間の力を信じ、時の流れとともに傷を癒やして
きたのだろう。時間が薬なんだと、自分自身をなぐさめてみよ
うと思う。ただ、どうかあまり長くはかかりませんように。

傷ついた
心に

もう傷つかないために

傷だらけの心を見つめていると、他人によってつけられた矢傷よりも、自分でつけた矢傷のほうが多いことに気づく。自分のなかの敵が自分だったなんて、意外だ。直接傷つけたわけじゃなくても、心にできた傷を見て見ぬふりをすることも、結局は自分で自分を傷つけること。

　傷は思ったよりも生命力が強い。簡単に消えることもなければ、ひとりでぽつんと生きているわけでもない。まるで雑草のように、抜いても抜いても傷はすぐにしぶとく生えてくる。心のなかの傷をなくすことは一筋縄ではいかない。「あ、傷がある。よしよし。もう大丈夫でしょ？」のひと言で治るようなものじゃない。忍耐と根気強さ、そして強い自己愛が必要だ。抜いてもまた傷が生えてきたなら、また抜かないといけない。治った傷のとなりに新しい傷ができたら、それも抜いてやさしくなぐさめてあげよう。次の日また様子を見に行って、また抜いて、なぐさめて……。めんどうだからとやめてしまわずに、辛抱強くそれを繰り返そう。

自分が幸せであってこそ、となりにいる人の幸せを願うことができる。幸せはだんだんと広がっていくものだ。幸せのスタート地点である自分という存在は、この世でいちばん尊い。だから、手取り足取り自分のめんどうをみながら、最後まで包み込んであげよう。

昔の自分に

大人の心のなかには、傷ついた子どもがいるといわれている。もう傷も小さく目立たなくなって、たくましい大人に育った子どももいれば、今なおびくびくおびえながら外に出てこられない子どももいるかもしれない。たくさんの人の心のなかに、そんな子どもがいる。でも、その存在に気づいていなかったり、知っていてもなかなか受け止められずに、ただまわりをうろつくことしかできない人も多い。

　子どもの頃ほど、傷や苦痛に無防備な時期があるだろうか？いわゆる「仲睦まじい家庭」に恵まれた人が、まわりにどれだけいるか考えてみる。家族は必ずしも愛情だけで成り立つ共同体ではない。傷も一緒に共有している。だから、ときに家族という存在が、かえって子どもを傷つける場合がある。それに抗う力のない子どもは、なす術なく傷ついてしまう。

　いずれ大人にならなければならない子どもは、ちゃんと育つことができずに傷ついた姿のまま心に取り残される。大人にな

ったのは体だけで、内面にはまだ幼いままの子どもがいるの
だ。幼い頃の傷とまた向き合うなんて、気が進まないかもしれ
ない。今さらいたわったからといって、なにも変わらないだろ
うと思うかもしれない。

　自分のなかにいるその子どもを抱きしめてあげることはでき
なくても、大人になった自分から勇気を出して、手をつないで
あげることから始めてみてはどうだろう。もう今さらその子
も、多くを望みはしないはず。ただ手を差し伸べてあげるだけ
でもじゅうぶんだ。

こんにちは、そしてさようなら

いつだったか、1通の短いメッセージが届いた。内容は短いけど、じっくり時間をかけて書かれたような文章だった。よくある恋愛と失恋についてつづられた、「……」だらけのそのメッセージは、恋愛の終わりがどれほど残酷だったかを物語っていた。

　最後だと思っていた恋が終わり、彼女の心はずたずたに傷つき、血まみれになっただろう。

　倒れるまで泣きはらしては眠りにつく日々だった、というメッセージを読んで、1枚の絵を描いて送った。心をじゅうぶんいたわったあと、箱のなかにしまってしっかり鍵をかけておいてね、という願いを込めて。だれも入ってこられない、一度入ると二度と出てくることのできない箱のなかに心を大事にしまっておけば、きっと大丈夫になるから、という言葉も添えて。ときには、時間の流れるままに心を放っておくほうがいいかもしれない。

傷ついた
心に

151

向き合えばわかる…

傷ついた
心に

心の鏡と向き合って

朝起きて、寝ぼけまなこで鏡の前に立つ。むくんだ顔、ぼさぼさの髪、目やにが見える。左の髪はとさかのように逆立ち、右のほおには枕のあとがくっきり。鏡を見れば、乱れた髪を整え、左右対称に眉毛を描くこともできるし、身だしなみをきれいにできる。でも、鏡を見なければ、自分の姿をきちんと確認できない。

　心も同じだ。内面を見つめる心の鏡というものがある。でも、しょっちゅう見るわけではないので、心の鏡はほこりまみれになっていることが多い。生きるのに精一杯で、心の鏡まで手入れする余裕なんてないと思うかもしれない。でも、それは卑怯（ひきょう）な言い訳に過ぎない。心の鏡と向き合うことは、鏡で自分の顔を見るのとまったく変わりないのだから。通勤のバスや電車のなか、シャワーをするとき、そのわずかな時間でいい。コーヒーを飲むとき、寝る前、散歩に出かけるときも、いつだって心の鏡を取り出すことができる。

ときどき鏡で見ないと、心がどう乱れているかわからない。そして、心をどうやって整えてやればいいのかわからないまま過ごすことになる。外見と同じように、心もきれいに手入れしてやらないといけない。今からでもさっそく、心の鏡を取り出し、積もったほこりを拭き取ってじっくりのぞいてみよう。自分も知らなかった傷が見つかるかもしれないし、だれかに傷つけられてうずくまっている子どもの姿が見えるかもしれない。

今まで
ほったらかし
だったくせに…

今からでも遅くない

あるときは自分の心に無頓着でも、あるときは大げさなくらい
敏感になることがある。他人の心についても同じだ。身近な人
の痛みに気づくことができずに、やり過ごしてしまう場合があ
る。当然理解していると思い込んで気を配れなかった場合もあ
れば、理解できないほかの人を気遣うあまり、不本意ながらお
ろそかになってしまうときもある。

　相手の痛みが思いのほか大きすぎたことを知ると、はじめは
驚き、やがて申し訳なくなる。そのうえ、なぐさめの言葉をか
けるタイミングを逃してしまったような気がして、困り果てる
こともある。おたおたしながら呆然と相手を見つめていると
き、「あんた、わたしに関心なんてなかったくせに！」という
言葉とともに押し寄せてくる罪悪感といったら……。でも、相
手のその叫びのなかには、かすかなSOSが隠れている。「まだ
大丈夫じゃないから、今からでもなぐさめてほしい」と言って
いるんじゃないだろうか。

もうやめよう

小さなミスをしただけで真っ先に食ってかかってくる人、それは自分自身だ。ほんとうに変な話だ。いちばん先に駆け寄って、なぐさめて励ますところか、だれよりも先に自分を責めるなんて。

失敗したり、予期せぬ方向に事が進んでいるとき、つい自分を攻撃しがちだ。それは自分自身の問題だから、痛いと訴えることもできない。自分を攻撃し、怒鳴りつけ、また攻撃することを繰り返しているうちに、だんだんと疲れていく。

いちばんしくじりやすい失敗、つまり自虐は、こうやって表に出ないからこそ危ない。でも、危ないということがわからないから自虐をするわけじゃない。頭ではよくわかっているのに、知らないあいだに自分に爪を突き立てていることが多い。

世の中に対する失望、怒り、もどかしさ、絶望感……。たくさんの感情が集まって、ついには爆発してしまうのを防ぐには、「大丈夫」という言葉を自分に何度もかけてやらないとい

けない。拍子抜けするほどつまらなくて、信じられないほど簡単すぎて、効果なんてないだろうと思うだろうか？

　でも、自分に「大丈夫だ」と声をかけたことが何度あるか、思い返してみてほしい。たぶん、ほとんどなかったはず。それで自虐をやめられるとは断言できないけど、3回の傷を2回に、そしてそこから1回に減らすことはできる。

感情はひとつじゃないから

薄っぺらい憎しみしか詰まっていなさそうな、嫉妬という感情をのぞいてみる。じつは嫉妬には、いろんな感情が入り混じっていることが多い。ぎすぎすした関係から派生した恨み、自分はどうしてああすることができなかったんだろうという自責、うまくいっている他人への妬み、そして自分も成功したいという願望と、そこからくるうらやましさ……。このように、他人に対する憎悪や憎しみに限られた感情だけでなく、自分に対する感情もたくさん混じっていることに改めて気づくだろう。

　もっとよく見てみると、嫉妬のどまんなかには、「うらやましい」と思う感情がある。

　「自分もそうなれたらいいのに……」

　夢や成功を手にしたのが自分ではなく他人だという理由で、いろんな感情がごちゃ混ぜになって、嫉妬という感情が生まれてしまったのだ。

　素直に喜んであげられなくてもいい。そのかわり、嫉妬のな

かに混在している数多くの感情のうち、「うらやましい」とい
う感情だけを残して、ほかはぜんぶ消してしまおう。そして、
残した「うらやましさ」を刺激剤にして、生きていく原動力に
変えればいい。

そこには隠していた自分が…
きみが…

いちばん深くて暗い場所

　心はとても深いところにあって、どこから始まり、どこで終わるのか見当がつかない。まるで宇宙のようだ。自分のなかにあるけど、宇宙のようにすべてを知り尽くすことはできない場所、それが心なのかもしれない。そのなかには、あたたかい太陽の光が降り注ぐところもあれば、冷たい月が輝いているところもあり、光がまったく届かない、暗く奥まったところもあるだろう。

　驚くことに、一度も見たことのない姿の自分が、息を潜めて暮らしている空間が見つかることもある。そこにいる自分も、かつては太陽に照らされた明るくあたたかい場所で暮らしていたかもしれない。でも、仕事に追われ、社会にもまれ、人目を気にし、他人に気を遣い、家族のめんどうをみるために、いつしか自分自身はだんだんと隅に追いやられていったのだろう。そのうち、心を見つめることなんて、余裕のある人にしかできない贅沢だと思うようになったのだ。

164　　そして、あるときふとこう思う。

「つらすぎる、もう限界だ」

　そのときになってやっと、小さな灯りを頼りに自分の心を探しに出かける。光も届かない深く暗い漆黒に包まれた小部屋、さらにそこから果てしなく続く階段を下りていって、ようやく出会った自分……。意を決して探しに行かない限りたどり着けないその場所で、やっとほんとうの自分を見つけられたことに、喜びと安堵を覚えるだろう。それは、自分が自分の心を抱きしめてあげたからではなく、うずくまっていたほんとうの自分の心が、自分自身を抱きしめてあげたから感じる気持ちなのだ。もう二度と、自分を見失わないで。うずくまっていた自分の手をしっかりと握り、明るい光が差すほうへ、ゆっくりと上っていこう。

古傷でも

　何度経験しても慣れないもの、それが苦痛だ。それなのに、よく勘違いすることがある。何度も同じような傷を負えば、免疫ができて苦痛を感じなくなると。ひいては、過去の傷よりも小さな傷なら、苦痛をまったく感じないと考えたりもする。

　ほんとうにそうだろうか？　もちろん、そんなはずがない。

　過去に経験した苦しみや痛みが2回も3回も続くと考えると、もうあんなつらい目に遭うのはご免だと頭を振りたくなるだろう。いくら昔に負った古傷とはいえ、治るまで、もしくは傷跡が薄くなるまでは、いつまたぱっくりと傷口が開いてしまうかわからない。だから、心がちゃんと治るまで、傷をしっかり覆ってあげよう。

ねえ…
ぼく大丈夫だよね?
そうだよね?

傷ついた
心に

心の声に耳を傾ける

心というのは、とても魅力的だ。目には見えないけど自分を意のままに動かすことができるし、いちばん中心にあるのに表にはめったに出てこない。それに、あるときは眠れないほどとてもおしゃべりになるのに、またあるときは、作業を中断して集中しないとなにも聞こえないほどおとなしくなったりもする。また、愛情を求めて甘えてきたかと思えば、血も涙もないほど冷たくなるときもある。

心は目に見えないから表情を読めないし、言葉を発するわけではないから聞くこともできない。だから、より一層の愛情を注ぐ必要がある。いざとなったら心から送られてくる、信号を見逃さないように。

つらかったり
平気になったり、
大丈夫だったのに
悲しくなったり、
うれしかったり
後悔したり…ぼく…
変じゃない？

心がきみに
言いたいことが
あるんだよ

　特別な理由もなく感情の浮き沈みが激しくなったり、同じ出来事に対しても考えがころころと変わるようだったら、慎重に考えてみよう。

　「心が今、自分と話したがってるのかな？」

　じっと心と向き合ってみよう。はじめはむずかしいかもしれない。でも、心の声を理解できるのは、結局は自分だけ。何度かやってみれば、心の声がわかる瞬間がきっとくるはず。

だれにも気づかれずに

消えてしまいたい

止まってもいい

「逃げてばかりいないで立ち向かえ、自分を超えろ、打ち勝て、耐えろ……」

　すこし立ち止まって休んだり、数歩後ずさりしただけで、まるで人生をすべてあきらめてしまったように見えるのか、大げさに騒ぎ立てられることがある。積極果敢に、とにかく前へ進めとあおり立てる社会の風潮のせいでもあれば、それが成功するための必須条件だと考える人が多いからかもしれない。成長し続けることを幾度となく強要してきた教育環境も、その一因ではないだろうか。もはや、休むことさえ、なにかを成し遂げるための過程かなにかと思われがちだ。

　なんの条件もなしに立ち止まってもいいし、たまには転んでもいい。人は心持ちによって変わる生き物だ。体は疲れたら休めば回復するし、病気になったら治療すればいいけど、心は簡単に治せるものじゃない。だから、心を追い詰めてばかりではいけない。

夢に向かってひたすら前進すること、それ自体は悪いことじゃない。ただ、休みなく突っ走っていると、いつか必ず無理がたたる。心がバランスを崩す前にメンテナンスが必要だ。

　そんなに気を遣わなくても、心は耐えられると思うかもしれない。でも、どうだろう？　かろうじて耐えたあと、心が回復する確率よりも、がまんするうちに手遅れになるほどぼろぼろになってしまう確率のほうが高いだろう。心は、無関心と不均衡に弱いということを忘れてはいけない。今まで苦労してひた走ってきたなら、あるいは、目的をもって突き進んできたなら、短い時間でもいいから、すこし立ち止まってみよう。もしそれが不安なら、いっそのことどこかに隠れてしまって、心を休ませてあげよう。そうやってしばらく現実から離れてまた戻ってきたころには、気持ちがずっと軽くなっているだろうから。

chapter 5

思い通りにはならないけど

いったい、いつ…いつごろ
チョウになれるの???

きみの春

春になり、あちこち飛び回るチョウを見ていると、その小さく
可憐な美しさに驚き、思い切り空を飛べることがうらやましく
なる。

　一度くらい、チョウになりたいと思ったことがあるんじゃな
いだろうか？　華麗に羽ばたきながら、もっと自由に、もっと
幸せになりたいと。

　ひょっとすると今も、自分だけの色と模様をもった羽が生え
てきて、空高く舞えることを祈りながら、羽化する日を待ち望
んでいるんじゃないだろうか。時間がかかりすぎていて、「は

176

んとうにチョウになれる日がくるのかな？」という不安がよぎ
るかもしれない。そんなときは、頭をぶんぶん振って後ろ向き
な考えを追い払おう。不安は焦りを生むだけ。落ち着いて待っ
てみよう。肩先のあたりから、羽が「にょきっ」と生えている
最中かもしれない。その時間をがんばって耐えることができた
ら、チョウになる瞬間は必ずやってくる。

　最善を尽くしたと胸を張って言える人、より切実に願い努力
する人にこそ、変化のタイミングは早く訪れる。耐え忍ぶ時間
は、ある日突然、終わりを迎えるものだ。必ず！

いやでも
やらなきゃ〜

*일=仕事

いつのまにか
大人になった自分へ

　大人になった。「歳月」という言葉をたまに口にしたりもする、そんな年齢だ。大人の資格について考えたり感じたりする間もなく、体だけが先に育ってしまったような気分。大きくなったのが見た目だけだとしても、大人は大人。大人らしさを身につけないといけない。大人らしい言葉づかい、大人らしい行動、大人らしい考え、大人なら当然やるべき仕事……。見えない関係の糸が途切れないようにつなぎ止めたり、ときには大胆に断ち切ってしまう勇気も必要だ。もちろん、自分のおかした失敗は自分で責任を取らないといけない。責任をだれかに押しつけて、うずくまって泣いてしまいたいときもたくさんあるけど、それは許されない。なぜなら、大人だから。

　たまに、心は体ほど成長していないんじゃないかと不安になったりもする。心は子どもの姿のままで体だけが大きくなってしまい、まるで大人の体のなかに閉じ込められているような気分になるのだ。

　大人にだって楽しい瞬間はあるけど、子どもの頃ほど多くはないだろう。いやなことばかりが待ち構えている月曜日を、淡々と迎えることにもすっかり慣れてしまった。それでも、だだをこねたがる心をなだめて、平然とした表情をつくらないといけない。そして、与えられた役割をきちんと果たさないといけない。だって、大人なんだから。

思い通り
には
らないけど

もしも

「もしも酒」というお酒があったら、きっとものすごく売れる
んじゃないだろうか。このお酒のつまみは数えきれないほどた
くさんあって、そのなかでもいちばんの人気メニューは「くだ
巻き」だ。くどくどと同じ話を繰り返しながら、1杯、2杯
……。そうやってもしも酒を飲み干す。そのお酒は、ひと口で
虜になってしまうほど絶妙に旨く、一度味わってしまうともう
やめられないという。だから、もしも酒は、はじめから飲まな
いようにするか気を失うまで飲むか、どちらかひとつだ、とい
う笑い話もある。その種類も豊富だ。

「あのとき、もっとちゃんとしていれば……」

「あのとき、あんな選択をしなければ……」

「あのとき、この人を知っていたら……」

「あのとき、そうしていたら……」

じつに多くの人がもしも酒に心を奪われる。もしも酒の虜に
なって浴びるように飲んだ結果、後悔を吐く人も数知れない。

後悔を吐き出したからといって、心が軽くなるわけでもないのに。余計に胸やけがしてむかむかするだけだ。頭だけじゃなく、心まで痛くなる深刻な後遺症を伴うもしも酒……。この「もしも」をやめたら、悪循環を断ち切れるのかもしれない。

正しい方向へ

ふだんは標識がなくてもずんずん歩けていた道が、急にわから
なくなるときがある。または、迷うわけないと豪語して出発し
たのに、変なところで行き詰まってしまうこともある。だれか
に言われた通りにだけ行動すればいいなら、悩むことなんてな
いかもしれない。でも、自分で道を探そうと決めた以上、悩み
と選択の苦しみが常に待ち構えているだろう。この道が正しい
のか、間違っているのかを聞きたくても、なにから解決すべき
かわからないので助けを求めることもできない。

　そんなときは、まず落ち着いて周囲を見渡してみよう。自分
が今どのあたりにいるのか、標識はどこを指しているか。その
次は、自分の姿をたしかめる。ついでに靴紐もしっかり結び直
すといいだろう。それから、まわりの人に助けを求めればい
い。ひとりでよく見えもしない道を見ようと無理したり、足元
ばかり見ながら足踏みしていないで、となりにいる人を信じて
みよう。それが、自分を認めて、励ましてくれる人ならなおの
こといい。

ほかの人にたずねることを、恥ずかしがったり苦手だと思わ
ないこと。それが、道を見失わずに生きていくための大事なヒ
ントだ。

思い通り
　　　には
らないけど

ゆっくり、すこしずつ、確実に

久しぶりに会った友だちの試験合格のニュースや同僚の昇進の知らせを聞くと、うらやましくなる。なぜか自分以外のまわりの人たちはみんな、やると決めたら一度でぜんぶ叶えているような気がする。わけもなくむなしくなり、焦りを感じる。どんなに努力してもだめなんじゃないかという考えがよぎる。

みんなにもきっと自分のように耐え忍ぶ時間があったということを、頭ではわかっている。でも、そんなありきたりな言葉は耳に入ってこないし、心にも響かない。

でも、成長というのは、ある時期に急に伸びたり、ある時期に止まったりするものではない。じれったいからといって、明日のぶんの成長が今日前倒しでやってくることもない。スピードよりも、成長しているという事実のほうが大事なのだ。まわりの人たちの成功談に焦りを覚えるかもしれないけど、そのたびに、心のなかで呪文を唱えよう。「自分はゆっくり、すこしずつ、確実に成長している……。自分はゆっくり、すこしずつ、確実に成長しているんだ！」

ぼくも
きみのように
成長中

ピヨピヨ

思い通り
には
らないけど

思い通り
には
らないけど

自分を探す努力

大きなかごをもって、「心の畑」に収穫に出かける日。自分の
畑だけど、そこにはいろんなガラクタが植えられている。植え
ておいたのは自分の心だけなのに、知らないあいだに生えてい
た名前も知らないものや、捨てなければならないものまで、た
くさんの心がぎっしりと畑を埋め尽くしている。

　このなかから、自分の心だけをちゃんと探し出すことは至難
の業だ。一目でわかるだろうと甘く見ていると、すぐに音を上
げるだろう。そこには、自分の心と一緒に入れていいものもあ
れば、たまにかごに入れてはいけないものも混じっている。

　忘れたくて、消してしまいたくて遠くに投げ捨てた心の種も
いつのまに育ったのか、あちこちで目につく。

　平坦な場所にのんびりと腰を下ろして、自分の心ではないも
のをじっくり見定めてみることにした。苦しかったこと、傷つ
いたこと、痛かったこと……。そうやって、腐ったものをよけ
ていくと、ようやく自分が望んでいた心だけが残る。一生懸命
よけたものは、肥やしになるようまた心の畑にまいておいて、
程よくいっぱいになったかごだけを持ち帰ればいい。そうやっ
て心を収穫するたびに、自分はすこしずつ成長できる。

あこがれと満足

ここではないどこかに、天国があるかもしれないという期待感、漠然と抱く、ここよりいい場所へのあこがれ。どこにいようと、つらい経験はつきものだということはよくわかってる。でも、だからといって、今抱えている苦しみや生きづらさがなくなるわけじゃない。

　そんなことで思い悩む日は、遠くから他人の人生をしばらく眺めてみるもの悪くない。じっと見ていると、ふと疑問が湧いてくる。

　「ほんとうにあそこのほうがいいのかな？」

　「あそこに行けば気持ちが楽になるだろうか？」

　「悩みが一気に解決するだろうか？」

　「もっと生きやすくなるだろうか？」

　答えはもう出ているはず。あそこも、こことさして変わりないということが。ほかの人たちが自分の人生の些細なところまで余さず知ることができないように、自分も他人の暮らしをつ

ぶさに知ることはできない。他人には、暗くて都合の悪い部分
はひた隠しにして、光り輝くいい部分だけを見せようとするか
らだ。そんなふうに、お互いの人生にあこがれながら生きてい
るのかもしれない。

　自分の人生ではない別の人の人生が、ここではない別の場所
のほうがいいかもしれないと思ったら、無理に否定せずに、む
しろ、そのうらやましいという気持を存分に感じてみよう。
そして、すこし飽きてきた頃、自分もだれかの「うらやまし
い」の対象になるということを、思い出してみよう。

思い通り
　　　には
らないけど

他人を理解することから

相手の立場になって考えるということは、他人を理解するためのいちばん有効な方法のひとつだ。でも、立場を入れ替えて考えることは、口で言うほど簡単じゃない。相手の目線に立って考えるべき状況では、お互いに激しく衝突したり、もめている場合が多いからだ。

とうてい理解できない相手の言葉や行動を見ていると、「あの人はいったいどうしてああなんだ？」と思ったりもする。そんな疑問よりも、まずは「ああなる事情があったんだろうな……」と考えてみよう。演劇でいう一種の「役割交代」だと考えてみるのもいい。相手の立場になって状況をたどっていくと、ぜんぶは無理でも一部は理解できるところがあるはず。すべてを理解しようというわけじゃない。そんなことはほぼ不可能だろうから。ただ、共感できるという事実が大事なのだ。

そうすれば、自分の言葉や行動にも、すこしずつ変化が生まれてくる。「どうしてあんなひどいことができるんだ？」と思

う気持ちは、「ああするのもわかるような気がする」に変わる
だろう。相手の身になって考えたからといって、問題がすべて
解決するわけじゃないけど、きっと前よりも穏やかな気持ちで
問題と向き合えるようになる。真の問題解決は、無意味な罵り
ではなく、理解と共感から始まるから。

人生を満たしていく

自分の心なのに、たまに他人の心のようにさっぱりわからない
と思うときがある。なんのために生きているのか、どうしてが
まんしてこんなことをしないといけないのか、わからなくな
る、そんな日……。心が躍るのはどんなときか、そもそも、最
近はそんな日があったのかすらわからなくなる、そんな日
……。

　あわただしい一日を乗り切って夜になると、どこかむなしい
感覚が胸をより一層深くえぐる。平気だと思っていても、なん
となくそうじゃないような気がしたり、うつろになって気が滅
入ってしまったりもする。

　そんなときは、心のなかに潜んでいるなにかを見つけないと
いけないような気がする。そうやって数珠つなぎに考えていく
と、ついには「夢」とか「情熱」といった単語に行き着く。改め
て考えると気恥ずかしくなるけど、夢や情熱を思い浮かべると
心が震えてくる。

　ふと心の水面に浮かび上がってきたこの言葉は、もしかする

と一日を生き抜くための原動力になるかもしれない。これ以上毎日が無意味だと感じることのないように、ある日突然消え去ってしまった、あるいは、今まで見落としていた、夢と情熱をまた探せばいい。そして、やっとの思いで取り戻した夢と情熱を、もう二度と手放さないように努力すればいい。

chapter 6

心がとがっている日は

言葉にしなくても

とがった性格、丸い性格、四角い性格……。世の中にはとにかくたくさんの人がいて、それ以上にいろんな性格が存在する。

　同じ人間でも、ある日は大胆で、またある日はその姿が嘘だったかのように内気になったりもする。元気な日もあれば、おとなしい日もあるだろう。いろんな性格が集まって「自分」をつくっている。

　性格の形は目に見えないから、他人にばれないようにうまく隠せると思いがちだ。でも、性格を完璧に隠し通せる人なんているだろうか？　数分会話するだけで、性格はすぐにわかってしまうものだ。言葉づかい、抑揚、行動、使う単語からも察しがつくし、眼差しや表情でもすこしずつ表に現れる。

　見せたくない姿を隠したまま完璧にふるまったと思っていても、ひょっとするとまわりの人は、自分の性格をすでに把握していて、それに合わせて接しているだけなのかもしれない。

心が
がっている
日は

ソルト〜
あの人
きらいでしょ?

隠せない感情

「気に入らなくてもうれしいふり、喜びは控えめに！」

　表情管理についてのアドバイスだ。「気に入らなくてもうれしいふり」は、社会生活ではよくある悲哀のひとつだからだれもが共感するかもしれない。「喜びは控えめに」という言葉にも、なんだか笑いがこみ上げてくる。

　心を正確に伝えることができたらどんなにいいだろう。そうすれば、相手の顔色をうかがったり、変な誤解が生まれて気苦労することもなくなるのに。

　会話をするとき、どうしても相手の反応を観察してしまう。とくに表情をよく見れば、気持を読み取ることができるだろう。

　読心術ができなくても、心理学を学んでいなくても、相手の表情を見ればその人の気持ちが手に取るようにわかる。とくに負の感情の場合は、いくら表情を隠そうとしても、感情がそっくりそのまま伝わってくる。言葉ではきれいごとで取り繕うこ

心が
がっている
日は

とも、嘘を並べ立てることも簡単だけど、表情を無理につくることはとてもむずかしい。口は笑っているのに目は睨んでいたり、目は笑っているのに口元はこわばっていたり……。

　自分の顔なのに思い通りにならないときが、一度くらいはあるんじゃないだろうか。

ときに強く、ときに弱い

いつも強い自分でいることなんてできないのに、とかくこの世では、どんな試練にもくじけず、耐えることを強いられる。自分を守るために強い心をもて、人にばかにされないためにがむしゃらに努力しろ、よりよい暮らしをするために競争に勝ち抜けと。だんだんと、体に鎧をまとわせようとする。そのせいか、強靭な心さえあれば、大切な暮らしを守ることはもちろん、やりたいことを成し遂げられそうな気がしてくる。

　でも、強靭な心のなかにも、やわらかくもろい心が共存しているということを忘れてはいけない。たとえ隠れていても、やわらかくもろいその心は、涙を流しながら助けを求めることもある。ある人は、心が軟弱すぎると非難したりもするだろう。そんなことが繰り返されると、だんだんと強い人間になりたいと願うようになる。だれかを攻撃するためではなく、自分自身を守るために。

　心に頑丈な皮をまとい、鋭くとがったトゲを何重にも巻きつ

ける。息苦しくても、傷ついたり痛い思いをするよりはましだ
と、自分に言い聞かせながら心を徹底的にガードする。

　それがいいとか悪いとか、断言することはできない。心を守
るために、ときには分厚い鎧も必要だろう。ただ、せめて愛す
る人や大切な人の前でだけは、その鎧を脱ぎ捨ててしまおう。
ふだんは鎧のなかで息を止めていても、愛する人の前ではその
鎧を捨てて深呼吸する。たまには心をリラックスさせてこそ、
強い鎧が必要なとき、その重さに耐えられるから。

自分をよく知る

「身の丈」とは、「身分にふさわしい限度」という意味をもつ言葉だ。自分の身の丈について考えてみたことがあるだろうか？ 他人の身の丈はよく見えるのに、自分の身の丈については考えたことなんてないかもしれない。「身の丈」という言葉には、どこかネガティブなイメージがあるけど、これは「自分自身」という単語に置き換えることもできる。自分の身の丈を知るということは、自分自身をよく知るということ。そこには、物質的な側面だけでなく、精神的な領域まで含まれる。

　自分のことをよく知れば、自分にいちばんふさわしい人生のあり方を見つけることができる。どんな関係にやすらぎを感じるのか、満たされた生活を送るための条件はなにか、人生で大切にしたい価値はなにか……。

　漠然と幸せになりたいと考えるのではなく、自分の身の丈を探しに、つまり、自分自身を知るために、心の隅々まで観察してみてはどうだろう。

己の身の丈を知れ

心が
がっている
日は

毒になったり薬になったり

「噛んでかじって味わって楽しんで！」*

　この広告ソングを聞くたびに、陰口の定義にぴったりだなと思う。三々五々集まり、時間が経つのも忘れて他人のうわさ話に花を咲かせることがある。もちろん、よくないことだということはわかっている。

　でも、話をすることで気分がましになるときもある。心の病は、薬を飲んで注射を打ったからといって治療できるわけじゃない。話をしながらストレスを発散させることも、立派な治療方法のひとつだ。ただし、なんの罪もない人のあら探しをして悪口を言ってはいけないということは覚えておこう。毒もうまく使えばときに薬になるように、陰口という毒も、適度に使用すれば心に火が燃え移るのを防いでくれることがある。でも、乱用、誤用は禁止というルールは必ず守ろう。

214

＊韓国で流行った歯周病予防薬のCMソングのフレーズ。噛む（씹다＝シプタ）、かじる（뜯다＝トゥッタ）は、英語のbackbiteと同様に、その場にいない誰かの陰口を言うときに使われる。

思いやりが欠けないように

たまに、非常識な行動をする人がいる。思わず眉根を寄せて「なんて常識がないんだ」と驚いたりもする。一方で、「常識」を市場や大型スーパーで売っていたらどうだろうかと想像してみる。買いだめしておいて、必要なときに服用できるといいかもしれない。常識が必要な人に分けてあげることもできる。

　常識の程度を数字で確認できれば便利なのに、と思うこともある。常識は目に見えないけど、心でいくらでもたしかめられる。常識は思いやりと一脈相通じる部分があるからだ。相手をどれだけ思いやっているかを振り返ってみることで、自分が人との関係においてどれくらいの常識を備えているか判断できる。

　もちろん、他人の非常識な行動ばかりを指摘して神経をとがらせるのではなく、自分の行動をじっくりと振り返ってみるのも大切なことだ。

心が
がっている
日は

215

偏見は誤解を生み

ありのままに、そのままの姿を見るのではなく、自分の基準と
ものさしで勝手に判断しようとする人に会うことがある。考え
ただけでもうんざりしてしまう。

　常日頃、眼鏡をかけている人は、たまにうっかり眼鏡をかけ
たまま顔を洗ったりもする。他人が見るとどんくさいと思うか
もしれないけど、本人は自覚できないほど、眼鏡をかけている
ことが習慣になっているのだろう。心の色眼鏡をかけているこ
とに気づいていない人たちも、これと同じじゃないだろうか？
色眼鏡をかけたまま、ある対象を見ることがすでに習慣となっ
ていて、偏った見方、考え方をしていることにすら気づけない
のだ。その状態で世の中を見ると、決して物事をありのままに
見ることはできない。まずは偏見を脱ぎ捨てないといけない。
相手や状況のあるがままを見つめるために。

心が
とがっている
日は

はあ…
窮屈だな…

見えないところ

人は人でも、「壁」になってしまった人、つまり、まったく会話ができない人がいる。それに、その壁はいったいなにでできているのか、重すぎてびくともしない。そんな人とはなるべくかかわりたくないものだけど、そう思い通りにはいかない。いやでも会話をしないといけない場合がある。ときには、一緒に仕事をすることもある。1回きりの関係で終わることもあれば、長い付き合いになることもあるだろう。

　そんなときは、まず「この人はなぜ壁になったんだろう？はじめは口も、耳も、目もついていたはずなのに、どうして今はまったくコミュニケーションができないんだろう？」と考えてみよう。その次は、高く分厚い壁の裏側に、なにがあるか考えてみる。目には見えないところを想像することは、相手を理解するのに役立つだけでなく、自分の心のもどかしさもやわらげてくれるはず。

そうやって
ため息ばかり……

そっと聞いてみる

コーヒーをたっぷりいれて、見晴らしのいい景色を眺めながら、静かに息を吸い、そして吐き出す。

　ご飯もおいしく食べたし、仕事もそれなりに順調で、世の中が騒然とするような大きな事件や事故もない平凡な一日なのに、なぜか胸の奥がつかえているような気分。

　あたたかい日光を浴びながら一服しても、心の片隅にずっしりとした重石が乗っているような。この息苦しさから解放されたかったのに……。コーヒーはひと口も飲めないまま冷めていく。心のもやもやも消えずに残ったままだ。

　心に聞いてみたい。

「どうしてそうやって口を固く閉じているの？」

「なにが気に入らないの？」

「どうすれば機嫌が直るかな？」

　心が答えてくれるまで、何度でも。

大丈夫じゃないときに
言う言葉、
「大丈夫」

大丈夫？

…うん…
大丈夫…

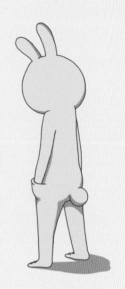

大丈夫、
大丈夫じゃない

「楽しい、うれしい、わくわくする……」
　その都度、素直に言える言葉。
「つらい、痛い、苦しい…」
　なかなか口にできない言葉。
　苦しみは分け合えば半分になるとよくいうけど、他人に迷惑
をかけるくらいなら、ひとりで背負って耐えるほうが気が楽だ
と考える人は多い。負担をかけたくないし、他人に解決できる
問題でもないと思うからだ。

つらい気持ちをどんなに隠そうとしても、そばにいる人はすぐに気づくものだ。わかっていながら、知らないふりをすることも多いはず。悩みを吐き出さないことを責めるよりも、打ち明けられない理由があるんだろうと慮って、そして待ってくれるだろう。

でも、だれかに助けを求めることも必要だ。そして、そばにいる人は、ほんとうに大丈夫なのか、そうでないなら助けてほしいんじゃないか、聞いてあげないといけない。心を案じること、それがそばにいる人を大切するための、いちばん確実な方法だ。

chapter 7

眠れない心について

頭の上の雲みたいな存在

いつ襲ってくるかわからない存在、不安は、気持ちよく雨を降らせてくれないくせに、頭の上にとどまりいきなり雷を落とす雨雲のようだ。黒い雲のように、急に土砂降りの雨を降らせたかと思えばぴたりとやんで、もう一度見上げてみると相変わらず同じ場所にあったりする。ころころ変わる空模様に、心が休まる暇もない。

　いっそのこと、勢いよく大粒の雨を降らせてくれればいいのに。思い切り降ったあとは、雨雲も消え去って、青空が広がるかもしれない。

　ふうと息をふいて、不安を遠くへ追いやってしまいたいけど、そうすることもできずにただ眺めているばかり。自分ではどうすることもできない不安が心を覆いつくしているように思えるけど、焦りが不安をどんどん大きくしているのかもしれない。焦る感情をうまくコントロールできれば、頭の上に漂う不安の大きさも、すこしずつ小さくできるはず。

泣いたり笑ったり、
笑ったり泣いたり…

気分の浮き沈み

ジェットコースターのように、気分が何度も上下する日がある。そんなときは、自分に問いかける。

「もしかして躁うつ病かな?」

感情が浮き沈みするのは、ある意味、当然のこと。感情は生きているのだから。

人の心には、広く、深い川が流れている。ある地点は、自分の背丈をはるかに超えるくらい水位が高いので、「入水禁止」の看板が立っている。流れが穏やかなところもあれば、足を取られて溺れてしまうほど水流が激しい場所もある。だから、心のなかの感情は止まることなく、絶えず動き変化するのが当たり前だ。

でも、感情の起伏があまりに急激で、その振れ幅が心配になるくらい大きく揺れ動いているなら、心になにか問題が起きていないか、じっくり観察しないといけない。後回しにせずに、今すぐ自分に問いかけてみよう。

「自分になにが起きているんだろう？」

　手に負えないほど激しく変化する感情は、どこかに問題があることを知らせてくれるサインなのかもしれない。

眠れない
　心に
　ついて

236

自分のなかをのぞいてみると
自分がうじゃうじゃ

空っぽになったり、
いっぱいになったり

心のなかになにも入れず、空っぽにしたことがあるだろうか？
春の大掃除をするように、心をすっきり整理したことはあるだ
ろうか？

　心のなかはたいてい散らかっている。ありとあらゆるガラク
タであふれかえったカバンのなかのように、いろんなものでご
ちゃごちゃとしている。いつもより心のなかが騒がしい日、心
の扉を開けてのぞいてみると、なにかがうじゃうじゃとうごめ
いている。ひとつずつ見てみると……。なんと、これはぜんぶ
「自分」じゃないか。たまに、見知らぬ人たちが居座っていた
りもするけど、結局、心という場所は自分の姿でいっぱいに満
たされる。

　あちこち散らばっている自分の姿……。考えが行き詰まった
ところには、とくに自分がたくさん集まっている。こっちを片
づければあっちが増え、あっちを整理すれば今度はこっちに集
まり……。自分の心なのに、整理整頓もままならない。

でも、ひとつの場所だけにいつまでもこだわったりとらわれて、苦しんではいけない。むしろ、関心をほかの場所へ分散させるほうがいい。心をほかのところに向かわせよう。友だちに会ったり、なにか趣味を始めたり、用事をさっさと片づけたり。うじゃうじゃと集まっている自分自身を分散させる方法を、いろいろと試してみよう。考えの密集地を広くしてあげたら、詰まっていた心に風穴が開いてすっきりするだろうから。

こうすることも
ああすることも
できず

伝えにくい本心

「もういやだ、だれか助けて」

　仕事がつらくてたまらないという友だちと、向かい合って座った。しょんぼりとうなだれる友だちの話を聞いていると、力になるよ、という言葉が喉まで出かかる。せっぱ詰まったその思いをだれよりもよくわかっているのに、すっと手を差し伸べることができない。

　「わたしだって、かろうじて生きているようなものなのに……」

　「わたしだって、だれかに助けてほしいのに……」

　自分のことで精一杯の状況では、力になると二つ返事で約束することもできない。かといって、知らんぷりするわけにはいかないから、そのかわり、黙って友だちの杯にお酒をつぐ。1杯、2杯とお酒を飲み干しながら、愚痴をつまみに同じ時間を共有する。

　そうすること以外、友だちをなぐさめる方法がないという現実が、ただひたすら悲しい日。こうすることも、ああすることもできない自分が、余計に情けなくなる、そんな日。

ためらわないで

言うべきことをがまんせずに吐き出せば、ストレスをため込むこともないのに……。

　言いたいことを正直に言えなくて、山火事のように怒りが燃え上がることがよくある。言ってはいけないこともたくさんあるだろうけど、自分よりもまず他人の気分をうかがって、口を閉ざしてしまうことのほうが多いだろう。人の気持ちを害するようなことはしたくなくて、自分さえがまんすれば波風を立てずにすむと思って……。いろんな理由で、言いたいことをゴクンとのみ込んでしまう。

　時間が経ち、いよいよがまんできなくなってやっと口を開こうと決心しても、どこからどうやって切り出せばいいのかわからなくて、また黙ってしまうことも多々ある。さらに時間が経てば、気持ちを表現する方法を忘れてしまうかもしれない。

　心は、絶えず自分になにかを訴えている。そして自分は、心が求めることを実行するだけでいい。

242

それなのに、心よりも頭が出しゃばって口をふさいでしまうことがたびたび起こると、心はだんだんと表現することをためらってしまう。いくら心で叫んでも、なにも変わらないという事実を知るからだ。ついには心が壊れてしまうだろう。

　だから、今からでもさっそく素直に口に出してみよう。正直に表現してみよう。他人の気分や顔色をうかがうのではなく、心の声をそのまま言葉にしてみよう。他人の気持ちばかり慮<ruby>慮<rt>おもんぱか</rt></ruby>って遠慮するのではなく、自分の心をありのまま感じ、支えてあげることを優先しよう。

心配はだんだん大きくなり

心配の繁殖力はすさまじくて、すこしでも時間が経つとそれを養分にして、あっという間に大きくなってしまう。1分間育った心配と、1時間育った心配の大きさを比べてみると一目瞭然だ。肥大した心配に圧迫されて、危うく押しつぶされそうになることもしばしばだ。

　心配のせいで、ほかの感情がすべてなくなってしまうという経験があるかもしれない。なによりも興味深い事実は、「心配事」は、現在進行中のものよりも、過去や未来のものである場合が多いということだ。なんであれ、長々と心配する必要はない。それよりも、解決策を考えるほうが賢明だ。

　思ったように心配が小さくならないかもしれない。そんなときは、心配事が思い浮かぶたびに、ひとつずつ消していくのもひとつの手だ。心配をきれいに拭き取れる「希望のぞうきん」を手元に準備しておくといいだろう。

244

心配なんて
拭き取っちゃえ

ふう…
心配だ…
すごく心配
どうしよう、どうすればいい?
心配でたまらないんだけど…
ああ、どうしよう…

眠れない
心に
ついて

最善の選択でありますように

複雑な問題について考えようと静かな場所に座ると、すぐに頭のなかで、ワンワン、ドタバタ、うるさい音が鳴り響く。あまりのやかましさに頭が割れるように痛くなる。そんなときは、考えるのをやめて、すこし休んだほうがいい。

冷めたコーヒーを温め直して、もう一度腰を下ろす。ところが、その悩みを取り出したとたん、頭のなかがまた騒がしくなってなかなか集中できない。やっかいな問題であるほど、騒音はさらにひどくなる。頭のなかにある悩みと心配が騒音の発生源なので、どんなにあがいても小さくならない。

そういう場合は、問題をできるだけ小さくすることが、今できる最善の策なのかもしれない。

はじめから
いなかったように…

消えてしまいたい日

今座っている椅子にもつくられた意味があるだろうに、自分が
椅子よりも取るに足らない存在のように感じる瞬間……。携帯
電話も、コップも、ペンも、どんなものにも存在意義があるの
に、自分はどうしてここにいるのかわからないという考え
……。

　まわりの人たちは互いに手を取り、支え合って生きているの
に、自分はひとりぼっちで立っているような気分……。

　そんなふうに、自分で自分をすこしずつ消してしまう日があ
る。自分という存在がだんだん透明になっていって、そのまま
消えてしまってもだれも気づかないかもしれない。絶対に消え
ない濃いペンで、自分をもう一度太くなぞりたいと思っても、
すぐに無意味だと感じて、そのまま放っておいてしまう。

　疲れきっていて、いっそのこと消えてしまいたいと心がだだ
をこねているときは、無理にがんばろうとしなくても大丈夫。
自分という存在は、決してなくなりやしないのだから。ただ、
心から送られてくる信号を、無視せずに丁寧に受け止めてあげ

よう。

　一瞬消えた心が、またそっと戻ってきたら……。そのときの
姿は、消える前よりもずっと鮮明に見えるはず。

直面と回避

ほかの人と、ふだんどれくらい会話をしているだろう?

最近は、SNS で顔も知らない人と会話することもめずらしくなくなった。

それなら、自分自身とはどれくらい会話をしているだろう? 今日、自分にあいさつはしただろうか? 気分はどうか聞いてみただろうか?

ほかの人が心を痛めていることには、関心をもって理由を聞いたりなぐさめの言葉をかけたりするけど、いざ自分がつらい思いをしていることには、無関心になりがちだ。心が傷つくたびにすぐに薬を塗ってあげるどころか、眠る前に自分をなぐさめるわずかな時間すらかけてやれなかっただろう。「これくらい平気でしょ。まあ……あとで考えよう」と、気休めを言いながら、心をそおっと押しのけて、見て見ぬふりをしたこともあるはず。今も、心をすみっこに追いやったままなんじゃないだろうか。

心と向き合うことがむずかしい理由は、気まずくて照れくさいからだ。心の様子をこまめに気遣ったり声をかけたりしないから、いざ向き合ったときに、自分にどんな言葉をかければい

ひさしぶり
ちょっと話そうか

252

いのか迷ってしまう。まるで赤の他人と話しているような気分
になる。

　そんなときは、暗室が必要だ。自分と自分の心とだけ向き合
える、四方がふさがった、静かであたたかい暗室が。

自分に
しがみついているもの

きみ…きみは…!
きみだったのかい?

自分と自分の話

飛べるように背中を押してくれる人と、地に引きずりおろそう
とする人。

　矛盾しているようだけど、そのどちらも自分自身だ。自分を
いちばん不安にさせるのも、屁理屈で合理化して決心をにぶら
せるのも、自分自身なのだ。

　今の自分は、前に踏み出せるように背中を強く押してくれた
り、手を取り引っ張ってくれる応援団だろうか？　それとも、
前に進めないように足首にしがみついている敵だろうか？　当
然、応援団のほうがいいに決まっている。

　足首にしがみついて、ずるずると引きずられている自分を抱
き起こそう。そして、背中を思い切り押し、手を引っ張って励
まそう。「自分」は、この世のだれよりも頼もしい味方になっ
てくれるはず。

あの…どうすれば
いいですか？

仮面の顔

人付き合いをするなかで、素顔をすべて晒すことはめったにないだろう。本音で接することももちろん大事だけど、かえってそれが相手を傷つける場合もある。だからわたしたちは、しばしば仮面をかぶる。

はじめから悪気があって仮面を使ったわけじゃないだろう。自分の考えとは異なる考えをもつ人と話すときに相手を傷つけないための思いやりであり、気まずい状況を避けるために本心を隠す術だったはず。

自分の顔の代用品として一時的に使っただけなのに、いつのまにか仮面は顔にぴったりと張りついてしまった。素顔で接するときよりも心の負担がすくないから仮面を使い続けてきたけど、こんなことになるとは思わなかった。

仮面は、いつからか顔の一部になってしまった。脱ぐこともできず、かといって、ずっとつけているわけにもいかない。もし、仮面をはずすことができるなら、もう二度と顔につけたりしないだろう。素顔のままで人と接してもいいんだと、自分を信じてみたい。

無気力な一日

無気力の原因はなんだろう？

　原因がはっきりわかれば、無気力なときはなにが必要なのか、長いあいだ悩むこともないし、すぐに立ち直れる方法を探して日常に戻れるのに……。

　ほんの一瞬感じるむなしさは、物質的なもので満たされる。おいしいものを食べ、おもしろい映画を観て、楽しく遊べば、むなしさはすぐに蒸発する。その反面、なにをしても心が動かされないときがある。だんだんと生きる意味を見出せなくなり、感情まで凍てついてしまったような「心の氷河期」がやってくる。心の氷河期を終わらせるためにいちばん有効な方法は、情熱を取り戻すこと。

　すでにあらゆる感情を使い果たして無気力になってしまっているなら、情熱をまた集めること自体、ほぼ不可能に近いかもしれない。それでも、情熱は必ず取り戻すべき心のエネルギー源だ。

　無気力を抱きしめたまま泣いても大丈夫。一度に無気力を克

服しようとせずに、すこしずつ起き上がり、歩き、動き出せば
いい。そうやって、ゆっくりと心の外に無気力を追い出してい
けば、その隙間にまた情熱が宿るだろう。

心の扉を開く鍵

心はよく「扉」に喩えられる。「心を開く」または「心を閉ざす」
と表現したりもする。扉のように、心も開けたり閉めたりする
だけじゃなく、固く鍵をかけることだってできる。

　自分と他人の心が通じ合うためには、お互いの扉が開いてい
ないといけない。どちらか一方の扉しか開いていない状態で
は、風が通り抜けることはできない。自分の心が閉ざされてい
るのに、相手の心は開いている場合がある。それとは逆に、自
分の心が開いていても、相手のほうは閉ざされている場合もあ
る。そんなときは途方に暮れてしまう。でも、もっと困るのは、
相手の心に固く鍵までかかっている状況だ。

　そんなときは、まず鍵を探さないといけない。小さな鍵、大

きな鍵、形の違う別の鍵……。数多くの鍵のなかから、一度でぴったり合う鍵を見つけられたらいいけど、いろんな鍵を順番に試してみないとわからないかもしれない。扉が開かないからといって、がっかりしなくてもいい。心を開こうとするあなたの努力を、相手は扉越しに見ているだろうから。それは、みずから扉を開けて出てくる力を、相手に与えるかもしれない。扉を開くために最善を尽くしたなら、それでじゅうぶん。もうしばらくすれば、扉は内側から開くだろう。

眠れない
心に
ついて

chapter 8

心のための心持ちで

背中を押してくれる
だれかが必要な
ためらいの時間

START

心の
ための
心持ちで

スタートラインに立ったきみに

目的を成し遂げるには、実践することがなによりも大切だ。計画と準備にはとことん時間をかけてきたのに、いざスタートラインに立つと尻込みしてしまう。準備は万端なはずなのに、なかなか勇気が出ない。出発の時間はもうとっくに過ぎているのに、第一歩を踏み出せないのだ。

　生きていると、こつこつと準備してきたのに肝心なスタートを切ることができず、結局タイミングを逃してしまう場合もある。でもそれは、人生の進路が大きく変わる決定的な瞬間なのかもしれない。そんなとき、背中を思い切り押してくれる存在がどうしても必要だ。もちろん、適切なタイミングで。

　「ちゃんとやれるから、早く始めてごらん」という友だちの言葉も励みになるけど、たまにはアクションを起こせるように背中を押すという行動が、もっと大きな力になる。

…さあ

START

あ…

やってみな〜!

START

心の
ための
心持ちで

終わりと始まり

あれほど望んでいた、終わりであり始まりであるこの場所に立っている。こうやって、向かうべきところをじっと見つめていると、期待と同時に不安が押し寄せてくる。新しく生えた翼が、自分をあの遠い場所まで無事につれていってくれるだろうか？　今信じるべきものはこの翼だけ。翼を広げて力いっぱい羽ばたけばいい。そうすれば、強く願っていた場所にちゃんとたどり着けるだろう。

　穏やかな旅になればいいけど、強風にあおられたり、鳥の群れにぶつかって海に落ちることもあるかもしれない。でも心配しないで。海に落ちたからといって、翼までなくなるわけじゃない。もう一度飛び上がって、目的地を目指して黙々と飛び続ければいい。

　新しい場所にたどり着くまでの、けわしい道中のことは忘れても大丈夫。ただ、始まりというその瞬間を灯台がわりに、前だけを見つめて力強く羽ばたこう。

ひとり用の島のなかで

人はみな、それぞれ自分だけの「島」のなかで住んでいる。島々が密集して1カ所に集まっていることはあっても、ひとつの島のなかに何人もの人たちが集まって暮らすことはない。

それぞれの島は元から決まっていて、それはほとんどひとり用だから。

そのかわり、島は細長い紐でつながっている。だから、島は離れていても、一定の距離を保ったまま集まっていられるのだ。お互いが紐でつながっているという安心感のおかげで、それぞれの島のなかでひとりで暮らしていても、さびしさに耐えられる。

お互いをつなぐこの紐によって、人との縁ができたりもする。ぴったり仲良くくっついたり、たまにはぶつかったりもするけど、だからこそ、自分はひとりじゃないことを実感できる。

272

人に会い、その心を旅する

ただ顔を合わせて、あいさつを交わすくらいの出会いはめずらしくない。職場の同僚、近所の人、クラスメイト、仕事で知り合った人、そして、さまざまな縁で出会った人たち……。でも、忘れられないくらいのありがたい出会いはなかなかない。そのありがたい出会いは、ひとりの人間の内面を旅することでもある。とても不思議で、立派な経験だ。そんな経験、つまり「人間旅行」をするには、まずは「自分の心を見せる」という通行料が必要になる。その最低限の費用を払ってはじめて、関係が生まれるのだ。でも、すべての人間旅行が楽しいわけじゃない。地獄のような時間を過ごすことも、期待外れに終わることもあるだろう。

たくさんの人間旅行に出かけよう。わざわざ重い荷物をもって遠くへ出かける必要はない。今日、これから、自分のまわりにいる人たちの内面を旅行してみてはどうだろう。

心の
ための
心持ちで

出会い
別れ
そしてまた出会い

にゃ〜
にゃ〜

お腹すいてるだろ?
ご飯あげようか?

みゃ～お～ん
みゃお～ん

みゃあ～

行っちゃう…の?

にゃあ～
CAT

縁と縁のあいだ

「どうせ別れるなら、出会わなきゃよかった……」

　「そうやって離れていくなら、はじめから近づいてこないでよ……」

　「始まりがなければ終わりもなかったのに……」

　別れを迎える瞬間、いろんな思いが頭を駆け巡る。でも、別れを避けることも、出会いを拒むこともできない。ただ、慣れることが最善の選択なのかもしれない。傷ついては立ち直るという経験を数十回繰り返したからといって、苦痛に慣れるわけではないように、出会いと別れは何度繰り返しても、毎回はじめて経験するように、うれしく、そしてつらいものだ。

　今までそうしてきたように、過去の痛みは今日の喜びで覆うことができる。人生は偶然の出会いの連続で成り立っているのかもしれない。別れは結局、出会いと出会いのあいだに打たれた、休止符なんじゃないだろうか。

epilogue

心に
会う時間

黄色い紙に描いた1枚の絵。

　左右の耳の長さが違うソルトと、ソルトの古い友人ニンジン。

　2008年10月、はじめてソルトに出会い、「感情メモ」という名前で10年以上にわたり物語をつづってきました。ソルトは相変わらずいたずら好きで、ときにわがままを言ったり、変な意地を張ったり、ささいなことで傷ついたり、ちょっとしたことで感動したりもします。

　そんな、なにげないソルトの日常を本にしながら、わたしたちがこんなにも長いあいだ一緒にいられた原動力について考えてみました。「ただ好きだから」という言葉だけでは説明しきれません。ほんとうは、「だれかと話したい」という気持ちがあったのです。悲しい日は悲しみを、うれしい日は喜びを、腹立たしい日は怒りと悔しさを、無気力なときでさえ、その気分をそのまま伝えたかったのです。

だれかが聞いてくれますようにと、また、自分の気持ちをあるがままに理解してくれますようにと願いながら……。はじめはひとりでしたが、いつしかソルトだけでなく、ほかの人たちの心も一緒につづるようなりました。わたし、そして皆さんの話を書いた感情メモも、いつのまにか700枚を超えました。これからもこつこつと、わたしの人生哲学のように、細く、長く物語を紡いでいくつもりです。

　日常を描いた絵がもたらす力は、見る人に「自分もそうだ」とつぶやかせる共感にあります。かわいらしくて、かっこよくて、華やかな主人公とは似ても似つかない素朴な姿のソルト。ソルトは、わたしであると同時に、読者の皆さんでもあるのです。傷ついていないふりをしていても、だれかが先に手を差し伸べてくれることを望み、他人のことは気になるくせに自分のことには無神経で、今ある幸せよりも遠くにある幸せをうらやみ、不幸が永遠に終わらないかのように不安になる姿まで

……。心の奥に隠していた心の影を、ソルトを通じて目の当たりにするでしょう。そうしてやっと、わたしも、あなたも、そして今日を生き抜いたすべての人たちも、ソルトと同じだということに気づきます。

　黄色く彩られた文章と絵を通じて、これまでわかっていても目をそむけてきた、つらく苦しい心のなかの風景を、じっくりと見つめ直してみてください。どうせなら、ふかふかの椅子に座って、あたたかいお茶とおいしいおやつも一緒に。本を1ページずつめくるたびに、心がやさしく癒やされることを、やすらぎを得られることを願ってやみません。

この本を、いつもわたしを誇らしく思ってくれるパートナーと、故郷にいる家族、わたしの選ぶ道をいつも信じて応援してくれるソニョンとウンファン、思いを現実にしてくださった出版社の方々、そして最後に、ソルトに変わらぬ愛と応援をくださるすべての方々に捧げます。

ソルレダ

にゃ〜お〜ん

ソルレダ

チェ・ミンジョン。作家兼イラストレーター。2008年から絵日記形式で書き溜めてきた「感情メモ」から、ウサギのキャラクター「ソルト」が誕生した。失敗したり、傷ついたり、思いわずらったりと、完璧ではないけれど自分を大切にしようと努力するソルトの姿を通じて、人の感情と内面の変化を描き出し、人気を集める。現在は、カウンセリング心理学を学ぶかたわら、作家として活動を続けている。
著書に『何事もないかのように』『わたしの初めてのラインドローイング』『たかが人、されど人』『毎日すこしずつドローイング』(いずれも未邦訳)などがある。

李　聖和（イ・ソンファ）

大阪生まれ。関西大学法学部卒業後、会社勤務を経て韓国へ渡り、韓国外国語大学通訳翻訳大学院修士課程(韓日科・国際会議通訳専攻)修了。現在は、企業内にて通訳・翻訳業務に従事。韓国文学翻訳院翻訳アカデミー特別課程・アトリエ課程修了。第2回「日本語で読みたい韓国の本翻訳コンクール」で最優秀賞受賞。訳書に『静かな事件』(クオン)、共訳書に『僕は李箱から文学を学んだ』(クオン)、『オリオンと林檎』(書肆侃侃房)などがある。

ひとりでいたいけど、ひとりになりたくない自分のために

わたしの心が傷つかないように

2021年6月10日　初版発行
2024年5月10日　第15刷発行

著　者　ソルレダ
訳　者　李　聖和
発行者　杉本淳一

発行所　株式会社　**日本実業出版社**　東京都新宿区市谷本村町3−29 〒162-0845
　　　　編集部　☎03-3268-5651
　　　　営業部　☎03-3268-5161　振　替　00170−1−25349
　　　　　　　　　　　　　　　　　https://www.njg.co.jp/

印刷・製本／リーブルテック

ISBN 978-4-534-05857-7　Printed in JAPAN